訳あり悪役令嬢は、
婚約破棄後の人生を自由に生きる

クロード
アレンフラール王国の第二王子。
チャラくていい加減な雰囲気とは裏腹に、
実は真面目な性格。
国を守り立てていくため、
レティシアに協力を依頼する。
レティシア
シャリエール公爵家の令嬢として
転生した元看護師。
おいしいお酒とご飯、そしてぐーたら生活を
こよなく愛しているが、
なかなかのんびりできなくて……
登場人物紹介

アンナ
ディオンが見初めた
清純な少女。何か秘密が
あるらしく……
ディオン
アレンフラール王国の
第一王子。婚約者だった
レティシアに婚約破棄を
言い渡した。
モンタンベール
アレンフラール国王の甥で
公爵位を持つ。野心家。
クリストフ
王都で騎士団長を務めていた
実力者。その職を辞して
レティシアの護衛になる。
シュザンヌ
シャリエール公爵家の完璧な侍女。
すぐにぐーたらしようとする
レティシアに手を焼いている。

プロローグ

目をつぶってもなお感じるほどの強い光。ここ——王城の大広間は、眩《まばゆ》い光が溢《あふ》れ、輝いていた。

広間の中央は、軽やかな音楽に合わせて紳士淑女《しゅくじょ》達がダンスを踊る場。

そして、広間のあちこちに置かれたテーブルの上には、色とりどりの料理や飲み物が並んでいた。

それらすべてに手間と贅《ぜい》が尽くされている。

今日は貴族院の卒業パーティー。貴族の子女が二年間教育を受ける貴族院は、この国の貴族に必要な知識と振る舞い、魔法の基礎を学ぶ場である。そして、貴族院を卒業すると、みんなはそれぞれの道へとその身を投じていく。

私——レティシア・シャリエールも貴族院の卒業生としてパーティーに出席している。本来であれば、素敵な殿方とダンスをし、友人達と語らうはずだった。

けれど、私にはそのどちらも叶わない。

華やかなパーティー会場の素敵な雰囲気に水を差しているのは、他でもない私。

私はシャリエール公爵家の令嬢で、この国の貴族の中では高い身分を持つ。

今日の装《よそお》いも、公爵令嬢にふさわしい華やかなものだ。高級な美しい布を使って、一流の職人にしか作れない、技巧を凝《こ》らしたドレスを身にまとっている。金色の髪はいつもより艶《つや》が増し、光り輝いている。

けれど、むしろその姿は滑稽《こっけい》だ。貴族院の卒業生である私の醜態《しゅうたい》を、浮き上がらせるための舞台装置にしか思えない。

今、目の前には私の婚約者がこちらを睨《にら》みつけ、立っている。

そして周囲の人々は皆、息を吞んで私達の様子をうかがっている。

先ほど婚約者が私に向けた一言が、このパーティー会場を静まり返らせたのだ。

「レティシア・シャリエール。俺がなぜこんなことを言うか、わかるか？　君は、俺の信頼を踏みにじり、シャリエール公爵家の名を汚《けが》した。その罪は許されるものではない」

私の婚約者、ディオン・アレンフラールはそう言った。

彼はアレンフラール王国における王位継承権第一位の王子だ。

精悍《せいかん》な顔つきの彼は、怒りに満ち溢《あふ》れた表情を浮かべている。

父である国王譲りの金色の髪は、彼が怒りに震えているせいで揺らめいていた。迫力満点である。

けれど私は、ここで引き下がる訳にはいかない。できるだけ自信ありげに、胸を張って答えた。

「あら？　なんのことをおっしゃっているのかしら？　私にはまったく見当がつきませんわ」

「白々しい。そうやってしらを切るのもここまでだ。君が彼女――アンナ・マケール嬢に何をしたか、覚えてないとは言わせない」

彼はそう言いながら、自身の背後をちらりと見る。そこには、可愛らしい令嬢アンナ様が立っていた。

大きな瞳、小さな唇。色素の薄い髪も、透き通るような肌も美しい。抱きしめたら折れてしまいそうな華奢《きゃしゃ》な体躯《たいく》は、男性の庇護欲をくすぐるに違いない。

そんな彼女は、瞳をうるませながら、殿下の上着の裾をそっとつまんでいる。

「君が今まで彼女にした嫌がらせについて、すべて聞いた。証人もいる。言い逃《のが》れはできまい」

「そうですの……私の言うことよりも、その女を信じるというのですね」

私は、やや大げさにため息をつき、どこか馬鹿にするように薄い笑みを浮かべた。その仕草が癇《かん》にさわったのだろう、ディオン殿下は声を荒らげた。

「くっ――、彼女の言葉が嘘だと言いたいのか!? どの口が言うのだ! 俺は君を信じていた！ 裏切ったのは君だ！」

けれど、貴族院に入学してからの二年で、君はすっかり変わってしまったじゃないか！ 裏切ったのは君だ！」

大広間の中央で向かい合う――いや、睨《にら》み合う私と殿下。

誰が見ても一触即発《いっしょくそくはつ》の事態。だが、これは私が望んだことだった。私の目論見《もくろみ》がようやく叶う。

もうすこしで終わりね。

そう思いつつ、人をあざけるような表情を作る。そして、殿下とアンナ様を冷めた目で見ながら扇を顔の前で開いた。

「そうまでしてその女のことを――」

必死に視線に憎《にく》しみを込めた。

偽《いつわ》りの憎《にく》しみだが、公爵令嬢である私が醸《かも》し出す険悪な空気に、周囲の人々は青ざめる。

「もういいですわ……すべて殿下の言う通りです。私はその女に嫌がらせをしていました。それで？　それがなんだというのです？」

私の言葉にディオン殿下が眉をひそめる。

「――何？」

「男爵家の令嬢ごとき、どう扱っても構わないではないか、と言ったのです。所詮は有象無象《うぞうむぞう》。公爵家の令嬢である私とは住む世界が違うのですよ」

「そ、それは本気で言っているのか？」

「本気も何も、事実ではありませんか。殿下に群《む》らがる虫を追い払った。ただ、それだけのことでございます」

そう言って私は笑う。

愉快そうに、楽しそうに。そんな表情とはまったく逆の思いを抱いているせいで、心は今にも張り裂けそうだけれど。

「ふざけるな！　そのようなこと！　見損なったぞ、レティシア！」

殿下は、顔を真っ赤にして私に詰め寄ってくる。今にも殴りかかってきそうなほどの剣幕に、思わず体を縮こませた。

「君との婚約は破棄する！　そのようなことを平気でぬかす者と結婚するなど、虫唾《むしず》が走る！　二度と、俺の前にその姿を見せないでくれ！」

彼の叫び声は大広間中に響きわたった。

この場に来ていた貴族達全員が、この宣言を聞いたことだろう。殿下はアンナ様の手を取ると、さっさと大広間を出て行った。

……これで、私が二年間こつこつと頑張ってきたことが、実を結ぶ。

きっとこの国は、まだ命をつなぐことができるだろう。そのために、私は殿下との婚約を破棄したかったのだ。

これが私の貴族としての役目。頑張ってよかったのよ。

そう自分に言い聞かせるものの、私の頬にはいつのまにか涙が伝っていた。その涙を止める術《すべ》を私は持たなかった。

こんな姿を人々に見られたくなくて、私はバルコニーに出た。

私と殿下が会場を去ったからか、音楽が再び聞こえてくる。ざわめく声も徐々に響きはじめる。

このままダンスの時間が過ぎれば、あとは国王陛下から祝いの言葉をもらい、卒業パーティーは終わりだ。

その時、この国の宰相であるお父様と顔を合わせることになる。気まずいことこの上ない。きっと、さっきの話はすぐにお父様の耳に入るだろう。

暗い気分で夜風に当たる。しばらくすると、音楽が途切れた。そろそろパーティーはお開きだ。

行きたくないな。

心の中で呟《つぶや》き、私はそっと大広間に向かう。足取りは重い。爽やかな夜風に後ろ髪をひかれながらも、重苦しい空気が充満しているパーティー会場に足を踏み入れる。

意を決して顔を上げた瞬間――悲鳴が聞こえた。

陛下が使う出入口のあたりに、人々が群《む》らがり、ざわめいている。

「何か……」

私も慌てて駆け寄る。するとそこには、床に倒れた国王陛下と、その横で声を張り上げるお父様の姿があった。

「術師を！　すぐに治癒《ちゆ》術師を呼べ！」

お父様の叫び声が耳を貫く。治癒《ちゆ》術師は、治癒《ちゆ》魔法を使い体を癒《いや》す者だ。

お父様の叫び声は、聞いたことがないほど鬼気《きき》迫《せま》っている。次第に周囲のざわめきも大きくなっていく。

お父様の様子に不安を掻き立てられる。さらに陛下の顔を見て、その不安は膨《ふく》れ上がった。

陛下の顔は蒼白で、体はぐったりとしており、胸も上下していない。明らかに息をしておらず、
陛下の命は風前《ふうぜん》の灯《ともしび》だ。

「陛下！　陛下ぁ！　おい！　術師はまだか！　このままでは陛下がっ」

お父様は必死に陛下の体を揺すっている。だが、お父様に抱きかかえられた陛下の腕はだらりと垂れ下がり、揺さぶられるがままに揺れている。

見る者すべてが棒立ちになり、動けない。治癒《ちゆ》術師もまだ来ない。事は一刻を争っていた。

そんな中、お父様が近くの杯《さかずき》を手に取り、陛下の口に水を入れようとする。具合の悪い者には

水を飲ませるのがよいと考えたのだろう。

けれど、意識のない者にそんなことをしても意味はない。意味はないのだ――

『まずは呼吸と心拍をどうにかしないと！　すぐに心肺《しんぱい》蘇生《そせい》を！』

「いっ――」

訳のわからない声が頭に響いた。同時に頭を金づちで殴られたような衝撃に襲われる。

『ほら！　すぐに心臓マッサージをして！　心《しん》マよ、早く！』

何よ、この声！　訳のわからないことを言って！

声が頭に響くたびに、痛みが全身を貫く。

やめて！　やめてよっ！

『助かる人を死なせるの!?　私がやらなくて誰がやるのよ！　早くやるのよ！　陛下を見殺しにしていいの!?　いい訳ないでしょ!!』

全身を痛みに苛《さいな》まれ、聞き慣れない声も陛下のことも考えられなくなっていた。視界はぼやけ、やがて白く染まっていく。

同時に、痛みの奥底から何かが膨《ふく》れ上がっていき、押し潰されそうになった。

自分を守ろうと自《みずか》らの体をぎゅっと抱きしめる。

次の瞬間、その何かが弾けて全身に広がった。

――そうしてようやく、私は苦しみから解放された。

目を開ける。

痛みを感じていた時間はとてつもなく長く感じた。けれど、目の前の光景は何一つ変わっていない。

蒼白な顔の陛下と、慌てふためくお父様。棒立ちになっている貴族院の面々や、護衛達。

それらを見て、急に苛立《いらだ》ちが湧いてくる。なぜなら、私には、何をすべきかわかるから。

そう……前世の記憶を取り戻した、今の私には。

何、ぼーっと突っ立ってんのよ！　早く処置しないと、陛下が死んじゃうじゃない！

普段ならば理性で抑え込む苛立《いらだ》ちが、感情の前面に躍《おど》り出る。私は、取り戻した記憶を頼りに動き出した。

淑女《しゅくじょ》としての体裁を気にする余裕はない。

今は、目の前の命に向き合わなければ。そう思い、私はすぐさま床を蹴った。

「お父様、どいてくださいませ！」

「なっ、何をする⁉　貴様は――っと、レティシア⁉　いきなり何を！」

陛下を抱きかかえているお父様の肩を強く掴んだ。すると、必死の形相で振り返ったお父様と目が合った。

今は説明してる時間なんてない。

私は、まくしたてるように言う。

「陛下を床に寝かせてください！」

「いきなりなんだ？　いくらお前でも陛下の一大事――」

「体を揺さぶるほうが陛下にとって負担です！　とにかく今は、床に寝かせてくださいませ。急いで、お父様」

自分でも驚くほど冷たい声が出た。

じっと見つめていると、お父様はごくりと唾を呑み込んだ。そして小さく頷《うなず》き、私の指示に従ってくれる。

「倒れてから、どれくらい経ちましたか？　一分ほどですか？」

「あ、ああ。まあ、それくらいだろう」

お父様の返事を聞きながら、私は陛下を診《み》る。

「えっと……呼吸なし、脈は、頸動脈《けいどうみゃく》は……だめ、触《ふ》れない。すぐに心臓マッサージをはじめます！　お父様！　人払いと清潔な布をお願いします！」

「そ、そんな物で、何を……」

「いいから！　早く！　陛下を見殺しにしたいのですか!?　お父様、私は陛下を救う方法を知っています！　やらせてください!!」

「くっ――わかった。そこの者！　清潔な布を持ってこい！　他の者達はすぐここから出るのだ！　早く！　急ぐのだ！」

お父様は近くの侍女達に指示を出す。宰相であるお父様の声が会場に響くと、貴族院の面々はすぐさま外へ向かっていく。とはいえ、護衛の人達は近くにいる。私が横たわる陛下の上に跨《また》ろうとすると、護衛が慌てて近づいてきた。

「宰相閣下のご令嬢とお見受けしますが、陛下に何をするおつもりか!?」

「邪魔をしないで!!」

「しかし！」

「今こうしている間にも、陛下の命は失われつつあるのです！　私に何もさせたくないのなら、あなたが陛下の息を取り戻しなさい！　それができないのなら、大人しくしていて！　今、私の邪魔をして陛下の命を救えなかったら、あなたに責任が取れるのですか!?」

　私の言葉に、押し黙る護衛達。そこでお父様が助け船を出してくれた。

「すべての責任は私が取ろう。だから、レティシアのやることを邪魔しないでくれないか」

「宰相閣下がそうおっしゃるなら……」

　護衛達はゆっくりと引き下がる。

　あぁ、今のでどれくらいの時間を失ったのか。

　それを考えると焦ってしまう。しかし、一つずつ、確実にやるしかない。

　私は、陛下に向き直った。

　やはり、息をしていない。

　私は陛下の胸に手を置いた。――胸骨の先、剣状突起《けんじょうとっき》から指二本分上。そこが圧迫すべき箇所である。

　私は体重をかけて、強く速く、そこを押した。

　その時、お父様の右手が私に伸びてくる。だが、途中で止まった。私と目が合ったからだ。

おそらく、お父様は私を止めたかったのだろう。知識がない人からしたら、私がやっていることは陛下を傷つけているように見える。意識がない人間の体を圧迫しているのだから。

けれど、今止められては陛下を救えない。助かる可能性がある命を手放したくない。

私は心臓マッサージをしながらお父様と視線を交わす。

しばらくして、お父様は無言で静かに手を下ろすと、歯を食いしばった。どうやら見守ることにしてくれたようだ。

うん、ありがとう、お父様。あとは、陛下を救うだけ――

心の中で呟《つぶや》きながら、私はひたすら陛下の胸を押し続けた。そのたびに、陛下の体が揺れ、口からはお父様が先ほど飲ませた水が噴き出す。顔色はまだ悪かった。

「陛下、戻ってきてくださいませ！　生きてくださいませ！　陛下はまだこんなところで死んでいい人じゃない！」

そうこうしているうちに、人払いは終わったらしい。残っているのは、陛下と宰相であるお父様と私と護衛達。そして侍女や召使い達だった。

それを確認した私は、清潔な布を持ってきてくれた侍女を呼ぶ。

布越しだから、ノーカウントよね？

そんな悠長なことを考えながら、侍女に頼んで、軽く口を開けた時くらいの大きさの穴を布の中央にあけてもらう。

準備が整うと、私は陛下の顔に布をかけた。陛下の口と布の穴の位置を合わせる。そして、布越しに唇を重ね、一気に息を吹き込んだ。

「んなぁぁ⁉」

馬鹿みたいな声を上げるお父様。しかしそれには構わず、私は唇を離すと、再び陛下の胸を押した。お父様はもう何も言えないのか、私は止められることなく心肺蘇生《しんぱいそせい》を続ける。

心臓マッサージ三十回に、人工呼吸を二回。それを続けているうちに、私は汗だくになっていく。噴き出る汗が、陛下の青白い顔に滴《したた》り落ちる。

そろそろ、私の体力も限界に近い。そう感じつつ、祈るように陛下の口に息を吹き込む。

――すると、陛下は唐突にむせて咳きこんだ。目もうっすら開いている。

心肺蘇生《しんぱいそせい》、無事に成功だ。

次の瞬間、私は床に座り込んでしまった。息は荒く、胸の鼓動が頭に響いてうるさい。

まだ予断は許さないけど、今、私ができることを成《な》し遂《と》げたのだ。

言いようのない充足感に、全身の力が抜けていくのがわかった。

そのうちに、後ろから数人が駆け寄ってくる足音が聞こえる。振り向くと、そこにはローブをまとった男達が立っていた。おそらく治癒《ちゆ》術師だろう。

その場を彼らに明け渡すと、途端に睡魔に襲われた。

私はそのままパタリと後ろに倒れてしまう。頭痛はまだ続いているし、あれだけ心臓マッサージをしたのだ。疲れて当然である。

あー、疲れた。ビール飲みたい。

ん？　ビールってなんだっけ？　そう思いつつ、私は意識を手放したのだった。

ぐう。

第一章　目を覚ましたその後

目を覚ますと、見慣れた天井が布越しに目に入った。

光が透《す》ける繊細《せんさい》な刺繍《ししゅう》付きの天蓋《てんがい》。私にかけられた柔らかな肌掛け。

どうやら私は、自室のベッドで横になっているらしい。寝返りを打ち、どこまでも沈んでいきそうなほどに柔らかいベッドに顔を押しつけた。

あぁ、腕がだるい。両腕が痛む。

なぜだろうと考えて、陛下に心臓マッサージなるものをやりまくったことを思い出した。

──うん。やっぱり間違いないみたい。

自分自身の感覚だけが頼りだけど、あの時感じたそれは、今も体の中に残っている。

自分でも信じられないくらいだ。陛下が倒れた時に弾けた何かが、前世の記憶だったなんて。

あの瞬間に押し寄せたのは、誰かの記憶。──レティシア・シャリエール以外の、人生の記憶だった。

名前は思い出せない。けれど、『私はかつてこうやって生きていた』と、記憶を取り戻した瞬間に確信した。これは前世の記憶に違いないと。

前世の私は大学病院で看護師として働いていた。その記憶のおかげで、心肺停止に陥《おちい》った国王陛下に心臓マッサージと人工呼吸を施《ほどこ》すことができたのだ。

ベストなタイミングで記憶が戻ってありがたかったが、自分でもまだ信じがたく、落ちつかない。なぜなら、前世の記憶が戻ったとはいえ、私がレティシア・シャリエールであることに変わりないから。

十八年間生きてきた今世の自分に、前世の記憶と経験が上積みされたようなこの感覚は、一言では表現しにくい。

そんなことをぼんやり考えていると、遠慮がちなノックが耳に届く。

「お嬢様。起きておいでですか？」

私付きの侍女――シュザンヌ・グノーの声だ。私は短く返事をする。

「ええ」

「では失礼いたします」

そっとドアを開けたシュザンヌは、私の顔を見るや否《いな》や、笑み崩れた。

シュザンヌはとても可愛らしい女性だ。付き合いは十年近くになり、他の侍女たちと比べると、いくらか気安い関係だと思っている。私より七歳も年上なのに、彼女の見た目の年齢は私とほとんど変わらない。薄茶色の髪を後ろで束ねた彼女は、ほほ笑んだまま中に入ってくる。

「おはようございます、お嬢様。ご気分はどうですか？」

「おはよう、シュザンヌ。そうね、大分いいわ。昨日はみんなに随分迷惑をかけちゃったわね」

「そうですよ。運ばれてきたお嬢様を見て、みんな慌てていました。しかも、全然目を覚まさないんですから。あんまり心配かけないでくださいませ」

「悪かったとは思ってるわ。それで、教えてほしいことがあるんだけど――」

「陛下はご無事ですよ。ご安心を」

シュザンヌは、さっそく私の身支度をはじめつつ、一瞬こちらに視線を向けると疑問に答えてくれる。それを聞いた瞬間、私はようやく緊張がほどけた。

「はあぁぁ。よかったぁ。陛下を助けられなかったら、どうしようかと思ってたのよ」

「駆けつけた治癒《ちゆ》術師の方々がご尽力されたとか」

「お父様も一安心ね」

気分がよくなった私は窓の外を見る。

今日は天気がとてもいいようだ。私の心も晴れやかである。

「いきなりですが、いつもと変わらずお嬢様の髪はとても美しいですね」

私の髪を結《ゆ》いながら、なぜか褒めてくれるシュザンヌ。突然の言葉に、顔が熱くなる。

「と、突然何よ。褒めたって、何も出ないわよ？」

「何も期待しておりません……。ああ、お嬢様の金髪が波のようにうねり、日の光を浴びてきらめいている。まるで金色《こんじき》の川の流れ。唯一無二のものでしょう」

「だから何を――」

「エメラルドのような瞳も、白い肌も、細く引き締まった肢体も、どれもが公爵令嬢にふさわしく美しい。常と変わらずのご様子です。まさしく淑女《しゅくじょ》の鑑《かがみ》と言われるのも頷《うなず》けますね」

シュザンヌの誉め言葉に、私は思わず口ごもる。シュザンヌは普段、それほど私を褒めない。一体、どうしたのだろうか。

ついつい、腰回りに手を伸ばして体を確認してしまう。うん、いつも通りだ。

「……それにもかかわらず」

「なに？」

「私の知らないうちに、お嬢様の内面は変化なさったのですね。お嬢様は、どこで医学をお学びに？　治癒《ちゆ》術師の方も驚いていましたよ。あの状態から陛下が息を吹き返すなど奇跡だ、と」

私のドレスを準備しながらシュザンヌはさりげなく聞いてくる。

胸がドキッと騒ぐ。まさか、『前世の記憶を思い出しまして』とは言えない。私は咄嗟《とっさ》に誤魔化してしまう。それが悪手と知っていながら。

「え、えっと？　たまたま？　そう、たまたまよ！　以前、何かの本で読んだことをやってみただけよ。別に珍しいことじゃないわ」

「そうなんですね。ご主人様も、治癒《ちゆ》術師の方も誰も知らなかった対処法を、お嬢様は本で読まれたと。もしよろしければ、その本を教えていただいてもいいですか？　私も後学のために学んでおきたいと思います」

「その、あの、その本は貴族院で見たもので、どんな物か覚えていなくて……」

「そうですか。でしたら、貴族院の司書に聞けばわかりますね。問い合わせてみます。シャリエール公爵家の名を使えば、すぐに調べてくれることでしょう。お嬢様の博識に感嘆する思いです。それと、先ほどからうかがいたかったのですが……」

「ななな、なに？」

「その医学知識と、すこしばかり砕けた口調は、何か関係があったりするのでしょうか？」

まったくこの侍女はーーー!!

私は心の中で叫んだ。シュザンヌは昔からこうだ。私の変化をすこしも見逃《みのが》さない。

十年前に初めて会ったころから、彼女は優秀だった。侍女に求められる基本的な能力を備えているのは当然のこと、些細《ささい》な感情の揺らぎや心の変化を察するのが得意だったのだ。

小さいころから、嘘やごまかしはシュザンヌにすぐにばれてしまい、その度に怒られてきた。当然今回の件も隠しきれるはずがない。

彼女は、私が何かを隠し、結果、手助けできないことが嫌なのだという。

そう言われると、私も何も言えなくなってしまう。

だけど、このじりじりと追いつめるような言葉責め！　心臓に悪いから、これだけはやめてほしい！

もちろん、シュザンヌに嘘をついていることは申し訳なく思う。でも、しょうがないじゃない！

前世の記憶が戻ったなんて、言えない。信じてもらえる訳がないから。

かつての私は、看護師だった。医師や同僚と仕事をしながら、時に笑い合い、時にぶつかり合いつつ患者に向き合う日々を送っていた。

そして私生活は――とてもじゃないが、上品とは言えない生活だった。

具体的に言うと……夜勤明けに昼間から飲みにいったり。そのまま夜まで飲み屋に居座ったり。かと思えば、友達の誕生日やイベントの時にはホテルビュッフェでスイーツを死ぬほどお腹に詰め込んだり。彼氏に振られた時は、デパ地下でたくさん買い物をしてやけ食いしたりもしていた。それはもう普通の……うん、普通の女子だったのだ。

その時使っていた言葉遣いは、砕けたものが多い。外面《そとづら》を取《と》り繕《つくろ》うことは、今世で学んできた礼儀作法を駆使《くし》すれば可能だろう。しかし、こうして気心の知れた侍女の前では、咄嗟《とっさ》に自分を偽《いつわ》れなかったようだ。

あと……、もうすこし言うと、やっぱりつらい。

前世の記憶を取り戻し、私の心は後悔と悲しみと恐怖でいっぱいだった。

かつての私は幼少のころ、病気にかかっていた。一時は命が危《あや》ういと言われたこともあったが、お医者様方のおかげで、無事完治。それがきっかけで、看護師になったのだ。

けれど、治ったはずの病《やまい》は大人になって再発した。

徐々に役職がついてくる中堅看護師。仕事への自信がつき、やりがいを感じる時期――私の記憶は、そんな三十代半ばで途切れていた。おそらくそこで、病気で命を落としたのだろう。

そのショックが拭《ぬぐ》えず、平静を保てなくなっているらしい。

私を気にかけてくれる侍女の思いを嬉しく思いつつ、この場をどう切り抜けようか思考を巡らせた。けれど、すぐに妙案は浮かばない。どうすればいいんだ？　どうすれば――

「……さま？　お嬢様？」

シュザンヌに声をかけられ、慌てて顔を上げる。

「え!? 何?」

「どうしたのですか? 突然黙ってしまわれて。何度声をかけても聞こえていないようでしたわ。もしかして、まだご気分が悪いのですか?」

「いいえ、そうじゃ――って、そうなのよ! まだ昨日のことですこし混乱してるみたいでね! だから、きっと言葉遣いも乱れちゃったのかなぁ、みたいな?」

「……みたいな?」

私を見るシュザンヌの目が冷たい。

私だってわかっている! この言葉遣いが淑女《しゅくじょ》らしくないってことは。でも、出ちゃうものはどうしようもない。そう、どうしようもないことなのだ。

そうやって無理やり自分を正当化しつつ、なんとかこの場を切り抜けようと私は話題を変える。

「あら、そういえば、食事の準備はできているかしら? 昨日の夜は何も食べていないから、お腹がすいてしまって」

「え? あ、はい。すでに準備は整っております。もう召し上がりますか?」

「お願い」

私の身支度は、いつのまにか整っている。すべてシュザンヌがやってくれたのだ。やっぱりシュザンヌはすごい。

食堂に行こうと部屋を出た私は、前を歩くシュザンヌの背中を見ながら、ほっと胸を撫《な》で下ろした。

前世について話すのは、もうすこし待ってね。私もまだよくわかってないから。ごめんね、シュザンヌ。

信頼する侍女に心の中で謝罪をしながら、食堂を目指した。

そして、間もなく食堂というところで、シュザンヌが完璧なほほ笑みを浮かべて口を開いた。

シュザンヌの背後に黒いオーラのようなものが見えるのは、気のせいだろうか。

「中でご主人様がお待ちです。昨日のことで、話したいことがあるそうですよ。やすやすと誤魔化されてくださるご主人様ではございませんので、覚悟された方がよろしいかと。それでは、ごゆっくりお過ごしください」

やっぱり気のせいじゃなかった。私の気分は再び沈んだのだった。


「失礼します」

食堂のドアをノックして開ける。目に飛び込んできたのは白いクロスのかかったテーブルと、その上に並べられた料理の数々だった。色とりどりの料理は、食欲をこれでもかと煽《あお》ってくる。

魅力《みりょく》的な料理の奥には、席に着くお父様の姿が見えた。

お父様は目の前の料理に手をつけず、何やら書類に目を通している。給仕はそれを見守りながら横に控えていた。

私が食堂に入ると、お父様はちらりとこちらを一瞥《いちべつ》する。

「お待たせいたしました」

「いや、来たばかりだ。誰か、レティシアの食事を頼む」

お父様はそう言うと、給仕を促《うなが》した。

お父様はこの国の宰相で、まだ四十歳になったばかりだ。この若さで宰相になったのは、お父様が初めてらしい。

先代の宰相——おじい様が体を壊して隠居されてから、お父様はあとを継ぐようにその役目を引き受けた。若さ故《ゆえ》に批判を受けることも多いみたいだけど、お父様はそれを撥《は》ね退《の》けるほどの功績を上げ、立場を維持しているみたい。

私と同じ金髪をオールバックにし、露《あら》わになっている額《ひたい》には年相応のしわが刻まれている。そんなお父様の真剣な表情を見ながら、私は向かいの席に腰かけた。

間もなく給仕が配膳を終え、いつのまにか部屋にいるのは私とお父様だけになっていた。えっと、これって人払いされているってこと？

どんな話をされるのか……。想像するだけで気が重い。あぁ、嫌だな。

「レティシア。よく眠れたか？　昨日はパーティー会場で倒れてから起きなかったと聞いたが」

「はい。そのようですが、朝はすっきり目覚めることができました。体も大丈夫です」

「そうか。それで……お前にいくつか聞きたいことがあってな。パメラとミシェルはもうすこししたら来ることになっている」

「はい」

パメラはお母様、ミシェルは弟の名だ。二人には聞かせたくない話ってことか。

「ディオン殿下に婚約を破棄すると言い渡されたそうだな？」

「ええ」

「しかも、その原因はお前にあるという。どういうことだ？」

うん。当然、この質問は来るよね。

なんと答えたものか……。そういえば、考えておかなかった。

私は、すこしばかり考え込み、お父様と視線を合わせながら答える。

「まったく弁解のしようがありませんわ。殿下のおっしゃることは事実です。嫉妬《しっと》にかられた私は、アンナ様にこれでもかと嫌がらせをしてきたのです。それに嫌気がさしたのでしょう。殿下のお心は、私を受け入れるには狭すぎたようですわ」

「殿下もそうおっしゃっていた。貴族院のパーティー中に陛下のもとに来てな。ひどく怒っていたぞ」

「それならば私に確認する必要はないでしょう。殿下は、嘘をつけるお方ではありませんから」

「……うむ」

とりあえずは事実確認、というところだろうか。

「それで？　お話は以上ですか？」

「いや。お前がどういうつもりであんなことをしたのか、私にはわからなかったのだよ。だってそうだろう？　お前とディオン殿下の婚約は、ずっと前から決まっていた。いずれ殿下に嫁《とつ》ぐことになるのだから、王太子妃――将来的には王妃になるつもりで努力してきたはずだ。それを、嫉妬《しっと》にかられて棒に振るなど、今までのお前からは信じられない」

「あら、嫌だ。女の嫉妬《しっと》はとても恐ろしいのですよ？」

私がそう言ってほほ笑むと、お父様は顔を苦々しくゆがめる。

本当は別の理由があるが、そんなことお父様には言えない。言える訳がない。

これで誤魔化されてくれるといいのだけれど……

私が完璧な笑顔をキープしていると、お父様は根負けしたらしい。

「うむ……まあ、いい。この件は以上だ。間違いがないならその上でいろいろと考えるしかないな。王家との婚約が破談になった原因が、我《わ》がシャリエール家にあるということは、非常にまずい。レティシアは、事の重大さをしっかりと認識しなさい」

「はい、お父様」

お父様には悪いことをしちゃったけど、これで傾くほどシャリエール公爵家は脆弱《ぜいじゃく》ではない。宰相であるお父様のおかげで、このアレンフラールでは強い影響力を持っている。

私自身が、国に関わることはもう無理だろうけど、私さえ処分すれば、きっと問題ない。

「レティシア、聞きたいことはまだある。昨日の陛下のことについて、詳しく聞かせてもらおうか」

「はい」

「単刀直入に聞くぞ？　昨日のあれはなんだ」

突然、お父様の怒気が増す。私は訳がわからなくて、首を傾《かし》げた。

どうしてお父様が怒るのだろう。怒るポイント、どこかにあったかな？　陛下の命が助かったんだからいいじゃないか。

私が首を傾《かし》げていると、お父様は低い声で言葉をつなげた。

「陛下になんだ、その、突然だな……あれだ、せ、せせせ、接吻《せっぷん》などして！　陛下にあのようなことをして、一体なんのつもりだったんだ！」

実の娘に言うのは、すこしばかり憚《はばか》られる内容なのだろうか。お父様は、顔を赤くしながら顔をそらしている。なんだか可愛い。接吻《せっぷん》って言うくらいで照れるとか、いくつだよ、お父様。

「ああ、あれですね。あれは、救命措置の一環で、人工呼吸というものです。息が止まっていた陛下に無理やり息を吹き込み、肺に必要な空気を入れました。陛下の命をおつなぎするために必要だったのですよ」

「接吻《せっぷん》がか!?」

だから、人工呼吸だって言っているのに。私はムッとして眉をひそめた。

「キスなどではありませんよ。そんないやらしいこと、娘に向かって言うものではありません」

「い、いやらしいだと!?」

「陛下が倒れたあの時、すでに息をしておらず、心臓も止まっておりました。ですから、私は体の外から陛下の心臓を動かし、空気を吹き込んだのでございます。そうしなければ、陛下の命はなかったでしょう。もちろん、ああいったことをするには人目があるといけません。ですから、人払いをお願いしたのです」

「う、ん？　そうなのか。まあ、話を聞くと納得できるが……。しかし、未婚のお前が陛下に接吻《せっぷん》をするなど――」

「キスではありません。人工呼吸です。しかも布越しですよ？　そんな風に考えないでくださいませ！」

「ぬぅ」

お父様は眉間のしわを深くする。だが、しばらくすると、ようやく受け入れたのだろう。大きくため息をつきながら表情を緩めた。

「まあ、治癒《ちゆ》術師も、陛下は本来ならば亡くなっていてもおかしくないと言っていたからな。お前の言うことは間違いじゃないのだろう。そうなると、陛下はお前に救われたのだな？」

「いえ。治癒《ちゆ》術師の方が尽力された結果でしょう」

「謙遜《けんそん》する必要はない。助かった、レティシア」

「はい」

ようやく小さな笑みを浮かべたお父様に、私も笑顔で応じる。

緊張が解けたのか、お父様はようやくカトラリーを手に取り、ゆっくりと食事をはじめた。その様《さま》は、まさに貴族といった感じ。

私ももちろん教育を受けているため、完璧な作法を身につけている。だが、なぜだか自分の動作にとても違和感を覚えた。まるで、自分じゃない何かが動いているみたい。

その違和感を振り払おうと食事に集中していると、お父様は考え込むように首を傾《かし》げていた。そして、思わずといったように疑問を漏《も》らす。

「だが……なぜレティシアは陛下を助ける術《すべ》を知っていたのだ？　治癒《ちゆ》術の使えないお前がなぜ、それほどの知識を」

その言葉に私の手は止まる。

予想していた質問だったけれど、模範解答など用意していない。さきほどのシュザンヌとのやりとりと同様、ただ誤魔化すことしかできない。

「えっと……なんていうか。――そうっ！　倒れている陛下を見てたら、咄嗟《とっさ》に思いついたんです！　偶然です！　たまたまです！　単なる思いつきです！」

お父様の眉間にしわが寄る。っていうか、怖いから！　なんて言えば納得するのよ、もぅ！

「ふむ。思いつきで陛下にあのようなことをしたというのか？」

「いえ、そういうわけではなくて、急に声が聞こえて――って、あら？　そんなことより、お食事が冷めてしまいますわね。早く食べなくては、料理人達に申し訳ないわ、ねぇ？　お父様。ほほほ」

私は、とにかく話を逸《そ》らすことにした。

「いや、そんなことより――」

「まぁ！　今日のサラダは特別においしいわ！　普段通りの味と野菜がたまらなく素敵！　お父様もそう思わないかしら？　ほらほら、時間も無限にあるわけではないのですから。さぁさぁ、急いで食べてしまいましょう」

とにかく勢いで押し切ろうと躍起《やっき》になった。なんだかとんちんかんなことを言った気がするが、構っている場合じゃない。

当然、お父様は怪訝《けげん》な表情を浮かべていたが、しばらくすると小さくため息をついて、食事を食べはじめた。

ふぅ。これで追及は免《まぬか》れたかな？　ようやく私も料理を味わうことができる。うん、今日も本当においしいわ！

「しかし声が聞こえただと……？　まさか神から神託でも受け賜《たまわ》ったのか……」

お父様は、食事の手を止め、ぶつぶつと何かを呟《つぶや》いている。もしかして、ご飯いらないの？　いらないなら、もらっていいかな？

「それとも、あの神のような所業……レティシア自身が女神の生まれ変わりなのかもしれない……」

いいよね？　その厚切りベーコン、もったいないから私が食べてあげる。

私がベーコンをかすめ取ろうとした瞬間、お父様はすっとそれを食べてしまう。

私が愕然《がくぜん》としていると、まだ話は終わっていないとばかりに口を開いた。

「まあ、陛下の件は助かったのだからいいとして……殿下の件に関しては、このままという訳にもいくまい。謹慎《きんしん》処分を言い渡す」

その強い言葉に、私は固まる。しかしお父様は優しい表情を浮かべていた。

「殿下に失礼を働いたお前を処分しない訳にはいかない。お前のした行《おこな》いは恥ずべきことだが……

何か考えがあったのだろう？　それに、お前は陛下を救ったのだ。不敬罪に問われはしまい。しかし、この王都では過ごしづらいだろう。よかったら本宅のほうでしばらく体を休めたらどうだ？　その間に、事実確認を含めてこちらでうまくやっておく。悪い話ではないだろう？」

お父様が私のことをわかっていてくれたことに驚く。そしてその気遣いに、感謝の気持ちでいっぱいになった。

「本宅へ？」

「ああ。私は王都を離れられないが、お前は貴族院を卒業したのだ。卒業後に結婚する話は白紙に戻ったのだから、羽を伸ばしてもいいだろう。お前が望めばすぐに手配するが……どうする？」

本宅。それは、シャリエール家の領地にある我《わ》が家のことだ。幼少のころはそちらで生活していたけど、貴族院に通うにあたって、王都にある別邸に居を移した。こちらに来て二年も経ったが、やはり生まれ育った本宅のほうが馴染《なじ》みは深い。

加えて、王都にいれば嫌でも他の貴族と関わらなければならない。淑女《しゅくじょ》として、そして公爵令嬢として、お茶会などの社交に誘われたら、行かない訳にはいくまい。

殿下に婚約破棄を言い渡された私への風当たりが強いのは間違いない。噂話が届かないほど遠い地にある本宅は、今の私には天国のようなものだ。

それに、本宅なら人目を気にしないで、ゆっくりできるんじゃないだろうか？

私は生まれてからずっと、王妃になるための教育を受け続けてきた。幼いころから勉強で部屋に缶詰《かんづめ》にされ、貴族院に行っていた間は、勉学と魔法の実技の予習で忙しかった。

前世では、忙しい仕事の合間に旅行に行ったり、働いた後にビールを楽しんだりしたけど、やっぱり長期間のんびりすることなんてなかった。

もしかして、これからの私の生活って、本当に天国だったりする⁉　前世からの夢だった、ぐーたら生活が実現しちゃうのか⁉

それならば断る理由などない！

すべては導かれるままに。多忙だった前世の分も、今世の分も、やりたい放題したっていいじゃないか！　レッツ！　ぐーたらぁ！

思わず、飛び上がりそうになる体を理性で抑え、それこそ淑女《しゅくじょ》らしい上品な仕草で礼をした。

「お父様。お心遣い、ありがとうございます。確かにそのほうが、私もゆっくり休めるかと思います。お願いしてもよろしいですか？」

「ああ、わかった」

そう言って優しくほほ笑むお父様が、私には神に見えた。

こうして私は、天国への切符を手に入れたのだった。

第二章　来訪者の思惑

シャリエール公爵家の領地。

そこは、王都から馬車で二日と、比較的近い位置にある内地だ。農耕地が大半を占める広い領地である。

本宅は、領地で一番大きな街からすこしだけ離れた地に立つ。喧騒《けんそう》から離れた静かな環境は、確かに療養にふさわしい。

本宅に着いた私を迎えてくれたのは、執事であるドニと、召使い達だ。

今まで私達家族が生活していたのは王都にある別邸。

今もお母様と弟は別邸に住んでいる。

つまり、本宅にいる公爵家の血縁は私だけということだ。それが何を意味するかというと、私が本宅のヒエラルキーのトップ。最高権力者なのだ！

「シュザンヌ。ワインのおかわり持ってきてー」

本宅にやってきて早一週間。テラスでデッキチェアに座り日向《ひなた》ぼっこをしていた私は、昼間からワインをあおっていた。

いや、だってね。おいしいんだよ、この家にあるワイン。こんなの前世でも飲んだことない。それが、言うだけですっと出されるんだから、飲まない理由がない！

けれど、侍女のシュザンヌは私を咎《とが》める。

「お嬢様。もういい加減にされたらどうですか？　こちらに来てからというもの、来る日も来る日も食っちゃ寝ばかりして。昼間からお酒を飲むなど、淑女《しゅくじょ》の風上《かざかみ》にもおけません」

「いいのよ。だって、私はもう王太子妃にならないし、勉強する理由もないわよね。小さいころからずっと頑張ってきたんだから、自分にご褒美をあげてもいいと思わない？」

「すこしくらいなら構いませんが……もう本宅に来てから一週間もこの状態ではないですか。ドニも含め、今のお嬢様の姿を見て、みんな嘆《なげ》いておりますよ」

「ま、まあ、そうね。そういえば、そうかしら？」

会話を交わしながら差し出されたのは、水だった。

きっと、シュザンヌからの『いい加減にしろよ、この野郎』というメッセージだ。まあ、確かに、客観的に見るとどうかと思う部分もある。心配してくれてありがたいんだけど……

そんなことを思いながら、私はおとなしくその水を飲み干した。

今、私は十八歳。前世での記憶は大体三十数年間。今の自分の人生よりも長い経験と知識がいきなりのしかかってきたせいで、性格もそっちに引っ張られるのは、しょうがないことだろう。

生粋《きっすい》の貴族から一般庶民へと、価値観と思考が引きずられている違和感に、実は私自身も馴染《なじ》めず苦しんでいるのだ。

でも、お酒に逃げるのがみっともないというのはごもっとも。このままではアルコール依存症まっしぐらだ。そうなれば、ぐーたら生活どころではない。とんでもない苦しみの中、酒絶《さけだ》ちをしなければならなくなってしまう。そんな未来は望んじゃいない。

私は、小さく息を吐くと、自嘲《じちょう》するように苦笑いを浮かべる。

「あのね、みんなが心配してくれてるのは、わかってるよ。……けどやっぱり苦しかったんだよね。殿下に罵声《ばせい》を浴びせられるのも、周囲の人から冷たい視線を向けられるのも、さ」

「お嬢様……」

「でも、もう大丈夫。いい加減、なんか違うなって思ってたから。お水、ありがと」

「はい」

私が感謝を伝えると、シュザンヌは優しくほほ笑んでくれた。

シュザンヌは厳しいところもあるが、結局、私のことを考えて行動してくれている。そのシュザンヌがいい加減にしろ、と言うのだ。だったら、大人しく聞いておこう。

確かに、引きこもってぐーたらしているのは、心も体も休まるし、楽しい。

けれど、看護師時代に感じていた、仕事後のお酒のおいしさには決して敵《かな》わない。今と前世で何が違うのだろうか。

その答えに行き着く前に、私はシュザンヌの言葉に身を凍らせることになった。

「気づいてもらえて本当によかったです。このままでは、お嬢様の服をすべて作り直さなければならなくなっていましたから」

「え？　なんで――」

「気づいておりました？　ドレスのお腹のあたりがパツパツになっているのを。お嬢様が着られる服は、もう数着しかありませんよ？　一週間の不摂生《ふせっせい》がもたらした恵みを、お腹回りに蓄《たくわ》えているのですね」

「嘘」

慌てて腰回りを掴むと、ぐにっとした何かがあった。

王都にいたころにはなかった存在に、さっと血の気が引いていく。

「シュザンヌ、まさか！」

突然立ち上がった私の腰から、びりっという、何かが破けた音がした。

「のおおおおぉぉぉぉぉぉ！！！」

その叫びは、ダイエットという戦闘の開始を告げるゴング。

私の戦いは、今、はじまろうとしていた。

◆

さらに一週間後。食っちゃ寝生活で身についた脂肪を落とすべく、私は散歩に出かけていた。

散歩といっても、自由気ままに歩ける訳ではない。シュザンヌと護衛を引き連れ、決められた道を歩くのだ。そんな些細《ささい》な運動でも、今の私には重要で、そうしなければ淑女《しゅくじょ》としての体裁を整えるどころの話ではなくなってしまう。綺麗なドレスも、まさに豚に真珠だ。

その散歩の中で出会うのが、領民達である。

みんな、私の姿を見ると頭を下げ、声をかけてくれる。その声はとても温かく、傷ついた私の心を癒《いや》してくれた。だが、気になることもある。

それは、孤児の多さだ。しかし、今の私にできることは何もない。無力さを噛《か》みしめながらの散歩は、まさに身を削るほどつらかった。その感情を呑み込みつつ、散歩を続ける。

気分は、晴れるどころか、落ち込んでいくばかりだ。

沈んだ気持ちから目を逸《そ》らしながら、私は屋敷に戻った。すると、そこには一台の見慣れない馬車が停まっている。

私がシュザンヌを見ると、彼女は小さく首を傾《かし》げた。

「今日は来客の予定などなかったはずですが……」

「見たところ、馬車の中に人はいないわね。ドニが屋敷に入れたってこと？」

「何か、急用かもしれませんね」

二人で首を傾《かし》げながら玄関の扉を開けると、すばやくドニが近寄ってくる。そして、耳元でささやいた。

「お嬢様。王都からのお客様です」

「誰？　突然の訪問など、不躾《ぶしつけ》にもほどがあるでしょう。そんなことを言ってくる方を通すなんてドニらしくない」

「それが、その不躾《ぶしつけ》がまかり通る立場の方で――」

「ようやく戻ってきたか。隠居した公爵令嬢は優雅でいいな」

屋敷の奥から聞こえた声に視線を向ける。そこには背の高い美形の男が立っていた。

細身だが、よく鍛《きた》え込んでいるのだろう。袖から見える腕はたくましい。すっと伸びた背筋から、育ちのよさがうかがえる。

男の濃い茶色の髪は首までの長さで、緩く波打っており、色気を感じさせる。髪の毛と同じ色の瞳に見つめられ、私は弾丸に撃ち抜かれたような感覚を覚えた。

「あなたは――」

その立ち姿には見覚えがあった。すぐに彼の名前が思い浮かぶも、なぜ彼がこの場にいるのか、まったくわからない。

「――クロード殿下」

私の元婚約者である第一王子の弟――第二王子のクロード・アレンフラールだった。

にやにやと笑みを浮かべているクロード殿下に背を向けて、私はドニを見る。彼は小さく首を横に振ると、うやうやしく頭を下げた。ドニはまだ殿下の突然の訪問の理由を聞いていないようだ。

「すぐにおもてなしの用意をいたしましょう。お嬢様。応接間にクロード殿下をご案内いたしますので、お召し物をお替えになったらいかがでしょう？」

困惑しているだろうに、ドニは私にとって最善の提案をしてくれる。

この家にいる公爵家の血縁者は私だけ。私が落ち着いて対応しなければならない。王家への不敬は家全体に影響がある。トラブルにならないよう立ち回るのが、今の私の使命だ。

「ええ。では、クロード殿下。大変恐縮なのですが、今しばらく応接間でお待ちくださいませ」

殿下にそう伝えると、私は急ぎ足で自室へ向かった。そして素早く着替え、身支度を整える。

その間にいろいろ考えたけど、やっぱり状況がわからない。とりあえず、クロード殿下と話さなければならないが、気が進まない。それは、クロード殿下について、いい噂がないからだ。

第二王子、クロード・アレンフラール。

その美貌《びぼう》で、十七歳という若さながら多くの女性を虜《とりこ》にしているらしい。ディオン殿下が爽やか潔癖《けっぺき》王子だとしたら、クロード殿下は色気たっぷりのちょい悪《わる》王子だろうか。貴族院では、常に美しい女性を侍《はべ》らせていた。ちなみに、私は声をかけられたことはない。

女性関係はもちろんのこと、それ以外でも素行がよいとは言えず、喧嘩や夜遊び、その他もろもろの噂は後を絶たない。そんなクロード殿下が今、このタイミングでここを訪れるということは、何か企《たくら》んでいるのだろう。

私はできるだけ心を落ち着かせて応接間に向かう。

応接間の扉を開けると、クロード殿下は足を組んでソファに座りながら、お茶を飲んでいた。そして、彼の後ろに、背の高い騎士が立っている。

「お待たせしてしまい、大変失礼いたしました。改めまして、レティシア・シャリエールと申します。この度は――」

「堅苦しい挨拶《あいさつ》はいらない。まあ、名乗ってくれたんだ。俺も同じように名乗るとしようか……俺はクロード・アレンフラール。立場的には、この国の第二王子となっている」

「存じております、殿下」

私の挨拶《あいさつ》を遮《さえぎ》ったのに悪びれもしない殿下。噂と違《たが》わぬ様子に、私は思わず顔を引きつらせる。

「一応、聞いておきたいのですが、そちらの方は……」

「俺の護衛だ。気にするな」

私と目も合わさずに言い放つ殿下の態度にイラッとしながら、彼の向かいの席に座った。私の後ろにはシュザンヌとドニが立つ。小さいころから一緒にいる二人のおかげで、背筋を伸ばすことができた。私は一呼吸置くと、口を開く。

「本日は、わざわざおいでくださいまして、ありがとうございました。まさか、我《わ》が領地にクロード殿下がお越しくださるとは、思ってもみませんでした」

「パトリスの領地だからと期待していたが、所詮は田舎《いなか》だな。面白くもなんともない」

パトリスとはお父様の名前だ。うちの領地は殿下の期待外れだったらしい。

「あら。それは大変失礼いたしました。せっかくですので、我《わ》が領地の特産などお召し上がりになってはいかがですか？　王都では珍しい物もあるかと思います。ドニ、準備を――」

「いらん！」

大きな声で遮《さえぎ》られ、私とドニは固まってしまった。

なんということだ。うちの領地のお菓子や果物は、とてもおいしいのに！　散歩から帰ってきたばかりで、私だって食べたいんだからね！

「そんな貴族然としたやりとりをしに来たんじゃない。お前に聞きたいことがあるんだ」

「まあ、光栄でございます。それで……どういったお話でしょうか？」

「決まってるだろ？　お前が兄貴との婚約を破棄した理由だ」

私はピクリと眉を動かしたが、大きく表情は変えない。

しかし、クロード殿下の言葉に、私の心臓は早鐘《はやがね》を打ち、背中にじわっと冷や汗が噴き出す。

「あの、どういうことでしょうか？　私が婚約を破棄したのではなく、殿下が破棄されたのです。それもこれも、私自身の未熟な嫉妬《しっと》が引き起こしたもの。今では反省しておりますが、私がアンナ様に失礼なことをした結果でございます」

「しらばっくれるな。お前が嫉妬《しっと》に狂うだと？　そんなことがあり得ないのは、父上もパトリスもわかっている。何より、お前の行動が物語っているんだよ。本気であの男爵令嬢に危害を加える気がないってことをな。クリストフ、あれを」

「は」

クロード殿下の後ろに控えていた騎士が、そっと書類を手渡した。殿下はそれに視線を落とし、ゆっくり読み上げていく。

「お前は、貴族院でアンナ嬢にいろいろやったそうだな？　アンナ嬢を罵《ののし》ったり、授業に行けないようにしたり。他には、水をかける、持ち物を隠す、ドレスを切り裂く……ははっ！　なんだこれ。夕食のおかずを一品減らす、だ？　地味すぎて嫌がらせかどうかもわからない」

私が犯した罪を目の前で読み上げられるなど、これ以上の恥辱《ちじょく》はない。

そりゃあ、笑われても仕方ない内容ではあるだろう。けど、当時はそれで精一杯だったのだ。それ以上はできなかったのだから仕方ない。

「その事実が婚約破棄を招いたのでございます。恥ずべき失態です」

「確かにその行為自体は褒められたものじゃないが、お前はちゃんとフォローをしてるんだよな。律儀に、この夕食おかず事件にもよ。くくっ、やっぱりくだらない」

殿下の言葉に、私は思わず目を見開いた。

「一個ずつ挙げていったほうがいいか？　えっと、お前がアンナ嬢を罵《ののし》った後は、決まって仲のいい友人や兄貴の野郎が現れていたそうだ。罵《ののし》られた後にアンナ嬢が一人になることはなかった。授業を受けられなかった時は、親切な教師が現れて特別授業を開いた。水をかけられた後にはちょうどよく水の魔法操作に長《た》けた生徒が通りかかり、ドレスを乾かしてくれた。持ち物を隠されてもそれが兄貴との仲を深めることにつながったり、ドレスを切り裂かれた後は、より一層美しいドレスを手に入れて夜会などで目立っていた。夕食のおかずは……まあ、これはいいか。アンナ嬢に何が起ころうとも、必ず誰かが彼女を助けている。こんなことってあり得るのか？」

「あの方の人徳でしょう。私にはなく、あの方にはあった。それだけでございます」

「あっそ。じゃあそのアフターケアをした全員が、同じ人物に指示されて行動しているって調べがついてたとしても？」

探《さぐ》るような視線。思考の奥まで見透《みす》かすようなその茶色い瞳は、ひどく透き通っていた。

私は、完璧だった――完璧だったはずなのに。

貴族院に入り、とある危険を予見した私は、ディオン殿下に婚約を破棄してもらえるよう暗躍《あんやく》した。

殿下は失敗を許さない、ある意味潔癖《けっぺき》なところがある。彼のことだから、きっと些細《ささい》な汚点であっても私を見限ると思っていたのだ。

だが、思ったよりも私はディオン殿下の信頼を得ていたらしい。彼に見限られるのは、なかなか難儀だった。

できることなら、アンナ様を傷つけたくなかった。けれど、そうしなければ失われる命がたくさんあったのだ。私は、心を鬼にして遂行《すいこう》するしかなかった。

もちろん、ただ傷つけてそれっきりではいたたまれない。

彼女の心が折れてしまわないよう配慮したのだが、バレないために最善を尽くしたつもりだった。けれど、クロード殿下はそれを見抜き、調べをすませているという。

誰も気づかなかったことに、彼は気づいた。

私は目の前の男に対する警戒心を最大限まで上げた。

「おほほ。戯《たわむ》れが過ぎますわ、殿下。私にそんな力はありません。嫉妬《しっと》に狂った女の惨《みじ》めな末路と、笑ってください」

「このままだと、おそらく父上とパトリスは、兄貴に婚約破棄の撤回をすすめるだろうな。いや、パトリスはまだしも、父上は間違いなく、だ」

「なっ――!? どうして!」

思いがけない言葉に立ち上がりそうになる。しかし、そっと肩に手を置いてくれたシュザンヌのおかげで助かった。寸前で腰を落ち着けると、すぐさま表情を引きしめて殿下を見る。

「それが国益になるからだ。この国の平和と王家を守るためには、兄貴じゃ足りない。レティシア嬢……お前の力が必ず必要になる」

「そんなことありませんっ。私の行《おこな》いは王妃にはふさわしくありませんわ」

「ふさわしいかどうかの問題じゃない。それは、お前が一番よくわかっているはずだろ？」

どこか勝ち誇ったように、笑みを浮かべるクロード殿下。彼は組んでいた足を解いて、ぐいっと身を乗り出した。

「それに、気づいているか？　過失で婚約を破棄されたはずのお前が、元の関係に戻ることを頑《かたく》なに拒否している今の状況が、おかしいって」

しまった。

そう思った時には遅かった。本当なら、私は喜ばなければならなかったのだ。陛下やお父様が元のさやに戻そうと考えてるなど思ってもみなかったから、動揺してしまった。完全に失敗だ。

なんだ、この王子。何がしたいんだ？

疑問を抱きつつ、私はクロード殿下をじっと見つめた。

「最初は不思議だったんだ。あのシャリエール家の令嬢、淑女《しゅくじょ》の鑑《かがみ》とまで言われるレティシア嬢が、陰湿ないじめを？　まさかと思って貴族院で目撃証言を集めてみたら、本当にしてるんだもんな。けど、そこで一番の謎が残る。それは、なぜお前が婚約を破棄させるように仕向けたのか」

「だから、ずっと言っているではありませんか。私の不徳の致すところだと」

すこしむっとしながら言う私に対して、殿下は食い気味に言葉を重ねてくる。

「面倒だから、もうその設定はやめてもよくないか？　いいから聞け。その謎はしばらくの間解けなかった。俺だって、王家と影響力の大きいシャリエール公爵家がつながることは、国にとっていいことだと思ってたからな。それを阻止するお前にどんな企《たくら》みがあったのか。シャリエール家以外の公爵家について調べを進めると、おのずと答えにたどり着いた」

ああ、目の前の男はもう気づいているんだ。私の企《たくら》みに。努力の結果がもたらしたものに。

「この国に、公爵家は四つある。仮に、シャリエール家以外の公爵家を、三公と呼ぶことにしようか。そう……三公は、お前らの婚約に懸念を抱いていた。実質はともかく、表面上は同格として体裁を保ってきた公爵家のバランスが崩れることを、恐れたんだ。王家と婚姻でつながれば、シャリエール家は他の三公よりも政治的な影響力を持つことは間違いない。それは、三公にとって我慢らないことだったんだろう」

クロード殿下は、私が調べ、考えた通りに話を続ける。

これは誰にも言えないことだったのに。言ってしまえば、ディオン殿下のみならず、お父様や陛下も否定することにつながるから。

「三公は、静かに準備を進めていた。婚約を進めようとする父上とパトリスの隙を突いて、食料や、武器や、人材の準備を。すこしずつ、すこしずつ……それこそ数年単位で」

クロード殿下の話を聞きながら、ぐっと唇を噛《か》む。

だってしょうがなかったじゃない。私にだって、ディオン殿下を支えていこうと思っていた時期はあった。彼に、もうすこし王としての資質が備わっていれば。そう思わなかった日はない。けれどディオン殿下にそれを求めることは難しかった。だから、私が泥をかぶらなきゃならなかった。

「今回の婚約破棄の裏にあったもの。それは、痴情《ちじょう》のもつれでも、父上達の思惑でも、公爵令嬢の酔狂でもなんでもない。それは――内乱だ」

頭の中に心臓の音が木霊《こだま》する。

鳴りやまない音が、私の不安をこれでもかと駆り立てる。膝の上で組んでいる手に爪が食い込んでいることに気づいて、私は慌てて力を抜いた。

前を見ると、クロード殿下がさも楽しそうにほほ笑んでいる。

遠目には、お茶会を開いているようにでも見えるだろう。しかし、ここはそんな楽しい場ではない。私がそっと進めてきた、人生をかけた大博打《おおばくち》が失敗に終わろうとしている現場だ。

「……ほ、ほほ。ご冗談を。どの貴族の方も、王家を支えていきたいと、心から思っているはずです。内乱なんて物騒な言葉を口にすることすらありえませんわ」

必死に言《い》い繕《つくろ》う私に対し、クロード殿下はため息をつく。

「はぁ、もう取《と》り繕《つくろ》わなくてもいいんじゃないか？　別に、俺は今回の件について何かするつもりはない。お前の思惑に気づいたことを、誰かに話そうとすら思ってもないんだから」

「は？」

思わず、間抜けな声が出た。

え？　じゃあ、クロード殿下は、一体何しに来たの？　まったくもって訳がわからず、私は大げさに首を傾《かし》げてしまった。

「公爵令嬢がそんな間抜け面《づら》をさらすな。まあ、不思議に思うのも無理はないか。俺がここに来たのは、お前の計画には大きな穴があると指摘するためだ」

「大きな……穴ですか？」

「ああ。それは、俺にとって看過できる問題じゃない。だから、こんな田舎《いなか》にこうして赴《おもむ》いたし、直接お前と話すことにした。兄貴は計画のけの字にも気づいちゃいなかったからな」

「それは、そうでしょうけど……」

はぁ。もうここまでばれてるなら、彼の言う通り、これ以上取《と》り繕《つくろ》ったところでしょうがないだろう。っていうか田舎《いなか》とか、一言多いし。

確かに私は、内乱を避けるために婚約破棄を企《くわだ》てた。クロード殿下の言うことは事実だ。

私が内乱の予兆に気づいたのは、あるお菓子がきっかけだった。

この国で好まれるのは、クッキーやケーキのような、子どもからお年寄りまでが食べやすい焼き菓子。だが、貴族院に入り、シャリエール公爵家以外の三公の領地を回った際、それらと異なるお菓子が量産されていることに気がついた。

三公の領地で量産されていたのは、硬くて食べづらい上に、甘くもない焼き菓子だ。

そんな菓子が流行するものだろうかと不思議に思い、貴族院で三公にゆかりのある者達に聞いてみると、誰もが流行《はや》るはずがないと一笑した。『公爵様がお好きなだけで、民《たみ》が好んで食べることはほとんどありません』と。

調べた結果、彼らの言葉通り、焼き菓子はそれぞれの公爵家が領内の菓子店に作らせている物であった。そして、それを買っているのも公爵家。

違和感を覚え、三公の商人との売買履歴を調べて――日持ちのする食料を他領から買いつけていることが発覚した。それも、あまり目立たない量を少しずつ、数年にわたって。

しかし、それらの食料が市井《しせい》に売りに出されている様子はないし、他領に転売しているわけでもない。

三公が日持ちのする食料を溜め込む理由を考え、私は『もしや』と不安に駆られた。そして、彼らを徹底的に調べた。結局三公は、食料だけでなく、お金や人材、多くのものを集めていた。

まるで――戦いの準備を進めるかのように。

最初は気のせいだと思いたかったけど、情報を集めれば集めるほど、ディオン殿下と私が結婚した後に悲劇が起きるという確信が増していった。

内乱を回避するには、私達が結婚しないことが一番だ。

もちろん、お父様にこのことを話すこともできた。

けれど、誰も何も気づいていない現状でこの爆弾を投下することは、私にはできなかった。それこそ、派閥争いに拍車をかけ、国が分裂する未来しか浮かばない。人知れず内乱の危険を消失させる――そう考えた時、私がコントロールできる中で一番現実的だったのが、婚約の解消を促《うなが》すというものだった。

うまくいったと思っていたけど、大きな穴ってなんだろう……気になる。

「それで、私の計画に何か問題が？」

「ああ。それは、内乱を回避したあとの、国の行く先に決まってるだろ？　っていうか、お前はそれに気がつきながらも目をつぶったんだろうな。兄貴がお前以外の令嬢と結婚して国を仕切っていったら、遠からず、国は衰退《すいたい》するだろう。この国に待っているのは、破滅と混沌《こんとん》だ」

その言葉に、私は口角を上げて答える。

「あら……それは、ディオン殿下と他のご令嬢を見くびりすぎではないのですか？　もしかしたら、うまく国を繁栄させていけるかもしれないじゃないですか」

「それが難しいのはわかってるんだろ？」

ため息をつきながら頭を抱えるクロード殿下。彼の意見は、確かに共感できるものだった。

というのも、ディオン殿下の優秀さは、とても歪《いびつ》なものだからだ。

ディオン殿下は、頭は決して悪くない。それどころか、貴族院でも常にトップの成績を誇るほどの秀才である。加えて、清廉《せいれん》潔白をその身で体現するかのごとく、悪をよしとしない正義感を持っていた。

これだけを聞けば、王にふさわしいように思えるが、知性と正義感だけでは国は治められない。ディオン殿下に決定的に不足しているのは、悪をも包みこむ器《うつわ》の広さと、それを可能にする柔軟性だ。

私も聞いた話なのだけど、小さいころの殿下は、それはもう厳しい教育を受けたらしい。

年齢以上に知識を吸収していく殿下に、周囲の者は期待したという。事実、本人もその期待にしっかり応《こた》えたようだ。

やがてディオン殿下は、自分は決して間違わないのだと過信するようになった。

他者の言葉を聞き入れず、独自の判断だけで動くようになったのだ。

ある時は、外交の場で些細《ささい》な失敗をし、王家に恥をかかせた臣下を、その場で解雇した。

またある時は、城に仕《つか》える者が足しげく通っていた賭場《とば》で彼が破産に追い込まれたと知り、その賭場《とば》を問答無用で潰した。

王族に苦言を呈《てい》した者達を、すべて捕まえ拘束したこともあった。

殿下は狭い視野、偏《かたよ》った価値観で物事を見ているから、こうした判断を下す。しかし本来、小さな失敗は正せばよいのだ。

確かに臣下が王家に恥をかかせてはいけないし、人を破産に追い込む賭場《とば》など危険極まりない。王族への苦言は、時と場合によっては不敬罪にあたるだろう。

とはいえ賭場《とば》の件に至っては、そもそも賭け事に現《うつつ》を抜かす者の責任もある。王家への苦言は陳情《ちんじょう》として受け取り、改善への道しるべとすべきだ。

陛下も幾度となく諭してこられたが、殿下には理解していただけなかったらしい。お父様が沈痛な表情でそう語っていた。

だからこそ、ディオン殿下には彼を裏からサポートし、時にはその間違いを正せる婚約者が必要だった。

そして、私に白羽《しらは》の矢が立ったのだという。確かに、私は身分もあるし、自分で言うのもなんだけど、能力的にもそれなりだ。殿下をサポートしていくには、うってつけな存在だったのだろう。

けれど、そういった理由での婚約が国を破滅に導くなんて、それこそ大問題だ。

クロード殿下の言う懸念はわかっていたが、内乱が起きた時の被害と天秤《てんびん》にかければ答えは一つ。

私は、ニコリとほほ笑むと、わざとらしく肩をすくめた。

「あら？　内乱を起こして国力を低下させ、他国に攻め入られるほうが、流れる血だって多いのではありませんか？」

「やっぱりわかっていやがったか。なら、なんで国の衰退《すいたい》を避けようとしない」

私はハンと鼻を鳴らした。彼はどうしてわかりきったことを聞くのだろう。

「なぜって、それを考えるのは王の務めだからです。私はすでに無関係。そんなの、知ったこっちゃありません」

「なんだ、いきなり口調まで砕けやがって」

「取《と》り繕《つくろ》ってもしょうがないと言ったのはそちらでしょう？　この場での話は内密にしていただけるという話ですし。もちろん、私の口調も水に流してくださるんですよね？　殿下？」

「はっ。いい度胸してやがる。まあ、いい。それはそうと、関係ないっていうのは、どういうことだ？　公爵令嬢の言うことじゃないだろう」

「たかだか公爵令嬢には、国の衰退《すいたい》を避けることはできませんから。それに私の企《たくら》みなど、殿下にあっさり暴《あば》かれてしまうくらいポンコツですしね。とてもお役に立てません」

私の言葉を聞いて、クロード殿下は訝《いぶか》しげにこちらを見つめてくる。

何かを見通そうとするその瞳は、焦りとは別の理由で、私の心臓を跳ねさせた。

「それで？　そのことで私を糾弾《きゅうだん》しに来たのですか？」

「まさか。国の危機をいち早く察し、その危険を避けるために尽力してきたレティシア嬢に、そんなことをするつもりはまったくない」

「では何を――」

「情報を集める力と、それらをつなぎ合わせて未来を導き出す頭脳。加えて、視野の広さと先見の明《めい》。ただの令嬢としておくには、惜しいと思ってな……」

言いたいことがはっきりしない言葉に、私は「はぁ」とため息のような相槌《あいづち》を打つ。

すると、そんな私の前に、クロード殿下が突然跪《ひざまず》いた。そして私の右手をそっと取り、そのまま、潤《うる》んだ瞳で私を見つめてくる。

「アレンフラール国の王位継承権第二位。クロード・アレンフラールは、あなたを妻に娶《めと》りたくまいりました。この国の憂《うれ》いを絶つため、一緒にこの先の人生を歩んでいってくださいませんか？」

唐突に紳士と化したクロード殿下は、熱を帯びた視線を送ってくる。

吸い込まれそうな彼の瞳に、私の顔は熱くなる。美しい男性に結婚を申し込まれるなど、生まれてこのかた、初めてだから。

クロード殿下はにこりとほほ笑み、私の手に向かってそっと顔を近づけてくる。まさかの展開に、私の頭はショート寸前だ。ドキドキと高鳴る胸に空《あ》いたほうの手を置き、ぎゅっと握りしめる。

そんな私をちらと見て、殿下はそっと目を閉じた。そして、殿下の唇が私の手の甲に触れようとしたその瞬間――

「目つぶし」

「ぐわっ！」

私は容赦なく、人差し指と中指を殿下の瞼《まぶた》に突き刺した。

「なに、その、さっきまでとまったく違うキャラ。どん引きなんですけど。これでも私、婚約破棄を言い渡されて傷ついた乙女ですよ？　突然現れた人にいきなり求婚されて、はいそうですか、と頷《うなず》くと思ったんですか？　それに、クロード殿下も王家の人間じゃないですか。そしたら、ディオン殿下と比べたらマシだとしても、結局は内乱を引き起こす元となってしまいます。そんな結婚、受け入れられるはずありませんし、口づけも許した覚えはありません」

心の声がそのまま口から出てしまった。

ついやってしまったが、とりあえず、衝動的に目つぶしをしてしまったことを謝らなければ。ちなみに、この行動は公爵令嬢としての私ではなく、前世の私のものだ。

こんなところまで前世の私が影響していると思うと、もはや私は傍《はた》からみたら別人になっているのではないだろうか。いや、決してそんなことはないと信じたい。

「目つぶしの件は申し訳ございませんでした。これも、先ほどと同じく、水に流してくださるとありがたいのですが」

痛みにうめいていたクロード殿下は、ようやく開いた目で私を見ると、こらえきれなくなったように大声で笑いはじめた。

「ははっ、なんだよそれ！　あはははははっ！　目つぶしとか、ガキじゃあるまいし！　はは！」

不敬罪という言葉が頭にちらついていたけど、殿下がここまで笑ってるなら、大丈夫だろう。大丈夫だよね。きっと、大丈夫……

「面白い！　気に入った！　お前――いや、レティシア。さっきの求婚は取り消そう。実は、まだ目の前の令嬢にこんなことがしでかせるのか疑問で、試すためにああ言ったんだよ。淑女《しゅくじょ》を、しかも婚姻というデリケートな話題で試すような真似をして、悪かった。この通りだ」

そう言うと、クロード殿下は頭を下げる。先ほどよりもさらに驚くべき豹変《ひょうへん》具合に、私は思わずうろたえた。

「で、殿下!?　やめてください。頭を下げるなど。王家の人間がそのように頭を下げることなど、あってはなりません！」

「まあいいんだ。なんたって、くくっ。天下の公爵令嬢が……こんなっ、馬鹿みたいな女なんて、面白すぎる！　ははっ、はははははは！」

そう言って大笑いする殿下を見て、私の中で何かが湧き上がってくる。これはあれに違いない。失礼な人に対して、当然持ってもいい感情。そう、怒りだ。

「むきーーーー！　馬鹿とはなんですか、馬鹿とは！　そっちこそ、求婚の言葉で人を試すなんて、人としてどうなんですか！　人でなし！　腹黒！」

盛大にしかめっ面《つら》を作って顔をそらす。それでも笑いを漏《も》らし続けるクロード殿下がいた。

何が面白いんだか。私は、まったくもって気分が悪い！

「いや、そんなに怒るとは思ってなかったからな。今度こそ悪かった。それこそ、お前と敵対したい訳じゃない。むしろ、協力体制を作りたいんだよ」

「どの口が言いますか」

「そう拗《す》ねるな。さっきも言ったが、お前の計画がこのまま成功するとして、国はおそらく衰退《すいたい》していく一方だろう。別に俺も、王位を望んでいる訳じゃないからな。だが、王家の一員として国の行く末は気になる……。その未来を変えるべく、お前の力を借りたいんだ」

今度こそ、殊勝《しゅしょう》な態度になったクロード殿下は、じっと私を見つめてくる。しかし、私の怒りはその程度では収まりきらない。すこしだけ視線を逸《そ》らすと、頬杖をついて言葉を返した。

「試されてすぐうろたえる令嬢ですからね。どの程度お力になれるか。そもそも、私は婚約破棄後、修道院に入ろうとさえ思っていたんですから。その先をどうこうする力も知識もありません」

「それは謙遜《けんそん》だろう」

「いえ。それこそ本音ですよ？　確かに私は人よりすこしだけ、知恵が回るのかもしれません。けれど、一国をどうにかできるほどの知識も力も持ち合わせていないのです」

私だって、国の未来を憂《うれ》えなかった訳ではない。

けれど、内乱と衰退《すいたい》を天秤《てんびん》にかけて、内乱のほうが急を要する事態だと思ったから、こちらを回避しようと思ったのだ。もし衰退《すいたい》をどうにかできるなら、どうにかしてるし、最初から修道院に行こうとは思わなかった。

クロード殿下が私に期待をかけているのなら、それは買い被りというものだろう。

「本当にそうか？　お前は聞いたこともない技術で父上をお救いしたらしいな。それに付随する知識があってもいいと思っているし、なきゃおかしい。俺の希望的観測だが……お前は、十分に力を持っているよ」

その言葉で、ハッとした。そして考え直してみる。

あの卒業パーティーの夜から、私には看護師として生きていた前世の記憶と経験が加わった。それは、文化水準や科学技術が今の人生とは比べ物にならないくらい高い世界でのもので、おそらくこの世界では大いに役に立つものだろう。

その知識を生かせば……もしかしたら、この国をどうにかできるかもしれない。

この国の衰退《すいたい》を、なんらかの方法で阻止できるかもしれない。

けれど、看護師として生きていた世界では、個人の人権というものが確立していた。自由があった。やりたいことができた。女だからと差別されることも……今と比べると少ない環境だった。そんな環境とはまったく違うこの世界で、国のために尽くす。それは貴族としては立派な姿ではあるが、私は嫌だ。

なんで、自分の人生を犠牲《ぎせい》にしてまで、国に尽くさなきゃならないのか。

「仮に……」

「ん？」

「仮に、それができたとして、私にとっての利益は？」

「何？」

クロード殿下は怪訝《けげん》そうな顔をする。

「この先、国が衰退《すいたい》していくのは緩やかなペースでしょう。それなりの期間、公爵令嬢である私は、のんびり楽しく田舎《いなか》で暮らすことも不可能ではありません。そんな、なんのしがらみもない私にとって、国を救うことはなんの利益があるというんです？」

「お前……それは本気で言っているのか？」

「ええ。普通、欲しい物がある時には、それに相当する対価が必要となります。もし、あなたが国が衰退《すいたい》していくのを止めるために私と協力し合いたいのなら、私を納得させるだけの対価が必要です。それこそ……公爵令嬢の私の人生と釣り合うものが必要ですね」

ニコリとほほ笑むと、クロード殿下は先ほどとはうって変わって険《けわ》しい表情を浮かべた。

「本当に恐ろしいな。こっちの状況もわかって言ってるだろ？」

『こっちの状況』とはなんだろう。彼の発言から得た情報以外、私は何も持っていない。

「いいえ。何も知りませんとも。そう……あなたが私を頼るくらいに追いつめられているのだろう、ということとくらいしか」

「くそっ。本当にただの令嬢にしておくには惜しいな」

クロード殿下は、額《ひたい》に手を当てて目をつぶり、目の前のテーブルにもう片方の手を叩きつけた。置いてあった食器が、がしゃりと音を立てる。

「俺の希望が叶った時には、俺にできるすべてを尽くして、お前の望みを叶えることを誓おう。といっても、第二王子にできることなんて、たかが知れてるがな」

「――いえ。誠意はわかりました。それでは、一緒にこの国を守《も》り立てていきましょうね」

私は、静かに紅茶を飲み干すと、そのまま立ち上がり外を見た。

もしかしたら、国が滅《ほろ》びる姿を見なくても済むかもしれない。そのことに、安堵《あんど》と期待を抱いていた。


っていうことは、だよ？

国力が維持、もしくは増進されていくと仮定して、今以上にいろんな国の物が入ってくるよね？

食べ物とか、文化とか、技術とか。そうなったら、生活水準はもっと向上して、私のぐーたら生活のレベルも上がるに違いない！

その中には当然、おいしいお菓子やお酒があるに決まってる！

また肥《こ》えるという失態を犯さないよう、節度を守ったぐーたら生活を送ろう。

私は、外を見つめながら、そんなことを考えていた。

◆

俺――クロード・アレンフラールは、目を覚まし、窓からうっすらと差し込む光に顔をしかめた。

まぶしいので再び布団にくるまった直後、横から側付きが声をかけてくる。

「クロード殿下。もう起きる時間でございます」

「いい。まだ寝かせてくれ。昨日は遅かったんだ」

「しかし、貴族院の授業が――」

「うるさい。二度は言わないからな？」

そう言って凄《すご》むと、側付きは何も言わずに引き下がった。

俺は寝ると言いながらも、ベッドの中で目を開いていた。そして、そっと手を天井に向けて開く。

その手のひらを眺めつつ、先日のことを思い出す。あのシャリエール家への訪問の日のことを。

「レティシア……」

忘れることのできないあの眼差《まなざ》しを思い浮かべながら手を下ろし、再び目を閉じた。それでも瞼《まぶた》の裏に映るのはレティシアの顔。

――どうしたんだろうな、俺は。

らしくない自分の思考に、苦笑いを浮かべる。

俺はこの国の第二王子だ。大抵の者を黙らせることができる立場を、それなりに使わせてもらっている。

俺が夜出かけようと、貴族院をサボろうと、女性と二人きりで逢瀬《おうせ》を楽しもうと、側付きはもちろんのこと、父と兄は何も言わない。唯一、母上だけは何度も俺を叱責し、兄貴と取って代わるよう説得してきた。

だが、俺は王にならない。

王になるのは、兄貴がふさわしいと思っていた。

兄貴は杓子定規《しゃくしじょうぎ》なところがあり、柔軟性に欠けている。

しかし、王族にふさわしい行動力や思考を持っており、努力を重ねていた。そして、俺なんかとは比べ物にならないほどの清らかさを持っていた。だから、兄貴が王になればいいと思っていたんだ。

そのため俺は、自由な身の上とこの外見を活《い》かして、兄貴が王になる時に備えて、いろいろな活動をしていた。

俺は周囲から、出来が悪く素行も悪いと思われていた。いや、そう思われるように振る舞ってきたのだ。

王家や兄貴に反発心があるように振る舞い、王家と対立する勢力の情報を集めるべく、道化になり切っていた。それを指示したのは、宰相であるパトリスと父上だ。貴族院に入る前、情報収集を担当する組織への配属を促《うなが》され、俺は従った。

それが兄貴の助けになり、国のためになるなら、と。

俺が貴族院をサボりがちなのは、忙しいからだ。任務でいろいろなところへ赴《おもむ》き、情報を集めているのである。

どこぞの貴族の屋敷に潜入しなきゃならない時は、なかなか大変だった。危険と隣り合わせの仕事をすることも多く、やりがいを感じていた。

そう、あの時までは——

事が起こったのは、貴族院の卒業パーティーの日だ。

あの日、俺は王家の人間として参加することになっていた。まあ、面倒だったから父上の挨拶《あいさつ》が終わったら抜けようと思っていたが、その前に兄貴はレティシアとの婚約に異議を唱え破棄すると言い出したのだ。

その瞬間、俺は呆れたね。

だって、つまり兄貴は、自分の至らなさに気づいていなかったってことだろう？　どこの馬の骨かわからない男爵令嬢と比べるまでもない。頭脳明晰《めいせき》で、礼儀作法の完璧な淑女《しゅくじょ》の鑑《かがみ》と言われているレティシア。彼女の助けがなくて、どうやって国を治めていくのか、と。

だが、それを傍《はた》から見ていた俺は、レティシアの行動も理解できなかった。淑女《しゅくじょ》の鑑《かがみ》が、せこいいじめなんてやるはずがない。賢い彼女なら、もっとうまく動いて、アンナ嬢を社交界から追放することだってできるだろうに。

それがきっかけで、俺はレティシアについて調べることにした。

あの女はなかなかうまく隠していたけど、貴族院にいる学生から情報を集めるくらい、俺にとっては朝飯前だ。集まった情報を見て、すべてはレティシアの手のひらの上で転がされていたのだとわかった。

さらに、それは国の内乱を抑えるためだなんて……

そのことに気がついた時、俺は震えたよ。

同時に、レティシアなら決して明るくないこの国の未来に、光を差すことができるんじゃないかと思ったんだ。父上が倒れた時の咄嗟《とっさ》の行動を見ても、知識と行動力があることがわかる。しかも、極秘事項らしいが、彼女は女神からの天啓を受けたらしい。彼女はこの国に絶対に必要な人材だ。

そこで俺は、彼女に直接会ってすべてを見極めることにした。

そうしたらどうだ？

レティシアは、全部わかった上で、俺を取り込むことも視野に入れて行動していたんだ。

『いいえ。何も知りませんとも。そう……あなたが私を頼るくらいに追いつめられているのだろう、ということくらいしか』

あの言葉を聞いた瞬間、俺はこの女には敵《かな》わないと思った。

これは、俺のことを世間のイメージ通りの人間だと思っていたら、言えない言葉だろう。

俺と兄貴は仲が悪いと認識されている。しかし、実際は俺は兄貴を王にし、補佐していこうと決意している。

そのことを知らない者なら、今の状況は俺にとって好ましいとすら思えるだろう。だって、王位を奪うこともできるかもしれないのだから。

俺が追いつめられているなんてことは考えないに違いない。

すべてを知っていたのだ、彼女は。

――兄貴が王になることで訪れる未来。それを阻止したいと考える、俺の危機感や焦燥感《しょうそうかん》。彼女の力がこの国にどのような影響を与えるか。そして、国を救う道筋を。

俺は、そのための駒に過ぎないのかもしれない。

けれど、国の未来のために何かできるなら、単なる駒として使い潰されてもいい。

そんな決意を言葉にしたら、レティシアは受け入れてくれた。彼女は一緒に国を守《も》り立てようとほほ笑んだのだ。

俺は、彼女自身が女神だと言われても、信じられただろう。それほどまでに美しいほほ笑みだった。

華奢《きゃしゃ》な体躯《たいく》。宝石のように美しい金髪。触れたら折れそうなくらい繊細《せんさい》なのに、その芯は決してぶれることのない大樹のよう。

話し終えた時、レティシアはおもむろに立ち上がり、窓の外を見つめた。

その横顔は、とても柔らかな笑みを浮かべており、髪はキラキラと輝いていた。

未来を見つめる透き通った視線。それを見た俺の心臓は急に高鳴り、彼女から目を逸《そ》らすことができなかった。

彼女こそ、アレンフラールの女神。

俺はその時、彼女に恋をしたのだ。

第三章　ぐーたら生活はお預け

季節は春。クロード殿下がシャリエール公爵邸を訪れてから、二週間が経っていた。

人々が生まれ出《いず》る命に喜び、新しい門出《かどで》に心躍《おど》らせる季節。

ここ、シャリエール公爵家の領地にも春が訪れ、街外れの草原には色とりどりの花が咲き誇っていた。私はその中をゆっくり歩きながら、花々を愛《め》でる。

私の後ろを歩くシュザンヌと護衛の騎士の表情も緩んでいた。私はシュザンヌを振り返り、声をかける。

「ねぇ、シュザンヌ」

「はい、お嬢様」

「こんなにも世界は綺麗で、暖かく、人の心を潤《うるお》すことができるのに……どうして人は争うのかしら。どうして人は、自分も他人も追い込み、生き急ぐのかしら」

「あら。今日のお嬢様は、ずいぶん詩的なことをおっしゃいますね」

「だってそうでしょう？　私も花になりたいわ……生きているだけで美しく、自由でいられる花に」

私がそう言って俯《うつむ》くと、シュザンヌはそっと肩に手を添えてくれる。そして、まるで天使のようにほほ笑み、語りかけてきた。とても低い声で。

「何を言おうとも、帰ったら執務をやっていただきます」

「どうしてよ！　私が本宅に戻るまでドニがやってたんだから、ドニがやればいいじゃない！」

クロード殿下が王都に帰ってから、領地運営にかかわる書類仕事をなぜだか私がやらされているのだ。

当然、そのことは許容できていない。断固として反対だ。前は執事のドニがやっていたんだから、そのままやってよ！　もう！

「そういう訳にもいきません。以前は、重要な案件は王都のご主人様に急いで連絡を取り処理していましたが、今はお嬢様がいるのです。ご主人様の血縁であり、貴族院で優秀な成績を修めたお嬢様ならば、できるお仕事でございましょう？　何より、連絡を取るための往復の費用が馬鹿にならないのです！　無駄遣いは悪！　悪です！」

「そんなことは知らない！　私はここに療養しに来てるんです！　だったら、もっと朝寝坊して、ごろごろして、おいしい物を食べて、昼からお酒を飲んでもいいじゃない！　本当にお花がうらやましい！　栄養をいくら蓄《たくわ》えても、きれいな花を咲かすために使われるんだから！　なんで私のお腹には脂肪がつくのよ！」

「本当にそうでございますね。では、そろそろ本宅に戻ってお仕事ですよ？」

「シュザンヌの鬼！　悪魔！　人でなし！」

「ご安心ください。そのいずれの度合いも、お嬢様と比べるとましでございます」

「え⁉　シュザンヌの中で私の存在ってどうなってるの⁉」

私が驚いて固まっている隙に、護衛騎士が私を馬車に放り込む。

間髪《かんはつ》を容《い》れずに出発してしまい、私は幌《ほろ》の隙間から草花に向かって手を伸ばした。

「あぁ！　待って！　もうすこしだけ息抜きを！　私に自由をー！」

まるで売られていく仔牛のように、私は本宅に運ばれていく。今日もこのまま、執務室に缶詰《かんづめ》になる未来しか、私には待っていない。

こんなことになったのは、二週間前、シュザンヌの策略にはまったからだ。

クロード殿下の訪問後、私は殿下に協力すると言った手前、この国を守《も》り立てていく方法を考えていた。だが、さっぱり見当がつかない。

そもそも領地の運営方法さえわからない私に、どうすれば国が潤《うるお》っていくのか、なんてわかるはずがない。

ゴロゴロ横になりつつ考え続け、寝転がりすぎて腰が痛くなってきたころ、シュザンヌに声をかけられた。

「お嬢様。もしお時間があるのなら、この書類に目を通していただけますか？」

そんな悪魔のささやきに、私はどうして頷《うなず》いてしまったのだろう。私がぱぱっと書類を読んで処理すると、シュザンヌは目を輝かせた。

「あら、お嬢様！　素晴らしいですわ。この書類をこんな短時間で処理してしまわれるなんて。でしたらこちらも……」

そうしてシュザンヌの煽《おだ》てに乗っていたら、いつのまにかドニ達では処理しきれない重要案件を任されるようになってしまった。解《げ》せぬ。

そんな訳で今日も、ドニが待つ執務室に連れていかれた。

ちなみに、この仕事が終わらなければ、昼食はもらえない。鼻先にニンジンをぶら下げられた馬じゃないんだから、と思うけれども、お腹がすくのは自然の摂理《せつり》。空腹を満たすためには、仕事を終わらせる以外に選択肢はない。

「ドニ。今日見なければならない物はどれ？」

「こちらになります」

「ありがとう」

ドニから書類を受け取ると、私はすぐさま机に座り、書類に目を通していく。

えっと、冬眠から覚めた獣《けもの》が村に出没して、農作物に被害を出してるって？　これから作物を育てようって時に獣《けもの》が出たんじゃ、村民が浮かばれない。納税に影響が出るのも困るし……じゃあ、討伐隊《とうばつたい》を出せばいいわよね。でもこの獣《けもの》を退治するのにどれくらいの人員がいるのか、わからない。

「ドニ。この村での獣《けもの》退治に何人くらい人員を割《さ》けるかしら？　もし可能なら、ドニが処理してくれる？」

「かしこまりました。その通りに致します」

えっと、次は……

そんな感じで淡々と書類を整理していく。領地運営について話したいとか、領内の軍の編成についての質問とか、私じゃ処理できない物は、お父様に回すよう選《よ》り分けておく。それ以外の物はおおむね、判子を押して終了だ。

ふぅ。

それにしても、どうして毎日毎日、書類の束が増えていくのだろう。

最初は一、二通程度だったのに、今じゃ内容を把握しなければならない物が十を超えている。ドニが確認した物に判子を押すだけでも、かなりの量だ。いくらなんでも不自然じゃなかろうか。

「ねぇ、ドニ？　どうしてこんなに書類が増えていくのかしら？　書類の処理は、もともとドニがやっていたのではないの？」

「旦那様のいない時は私が代理を務めますが、お嬢様がいるのに私がしゃしゃり出ることはできません。それに、領地のことを知り、領地運営について学ぶことは、クロード殿下と約束したことにも役立つでしょう。この国を守《も》り立てるということは、国を発展させるということですからね」

確かに、ドニの言うことは一理ある気がする。

「まあ、そう言われれば必要なのかしら？　そこまで考えていてくれたなんて、ありがとね。じゃあ、さっさと終わらせてご飯にしましょう！」

「はい。頑張ってくださいませ」

ドニはニコリと笑うと、再び書類に目を落とす。

私も、ようやくこうした執務に慣れてきた。けれど、それでもクロード殿下との約束をどう果たすのか、具体的な案は浮かばない。

そんなことを思いながら、書類に目を通していく。

そんな中、私はふと気になる物を見つけた。

「ドニ。この書類は？」

「ああ、こちらでございますか。こちらは、ある村の集団葬儀の日程でございます」

「集団葬儀？」

聞き慣れない言葉に、私は眉をひそめた。

「はい。王都ではあまりないのですが、小さな村などでは毎年、流行《はや》り病《やまい》が流行します。その時季には、領主はそれぞれ王都で抱えている治癒《ちゆ》術師を派遣するものの、手が回っていないというのが現状です。治癒《ちゆ》術師が間に合わなかった地では、老人達や子どもが病《やまい》に耐え切れず、命を落としてしまうこともあるのです。その村は、今年の冬にかなりの人数が命を落としてしまいました。村では葬儀を行《おこな》えないとのことで、こちらで援助することにしたのです」

「そんなことがあるのね」

「ええ。村にとっては貴重な労働力がなくなります。村の存続にかかわることもありますね」

思わぬ言葉に血の気が引いた。

村の存続にかかわるほどの死者。そんなことは、私の前世では身近になかったことだ。この世界に生まれてからも、意識したことはなかった。貴族は病気にかかった時、治癒《ちゆ》術師を呼んですぐ治してもらうからね。

病気で人が死ぬ。それだけでなく、労働力が低下した村々は、さらにその生産性が低下していく……のかな？　だとすれば、もしかして人が死ななければ、そのまま生産性は保たれて、将来的に向上していくってこともありうる？　あれ、もしかして――

憶測の積み重ねだけど、私の中で何かがつながろうとしていた。やれることとやれないこと。それが脳内でゆっくり整理されていく。

その時――

「なんだ。仕事中か？」

聞き覚えのある声に顔を上げる。すると、執務室の扉が開け放たれ、なぜかクロード殿下と先日も一緒にいた騎士が現れた。えっと、騎士の彼はクリストフって名前だったかしら。

「あら、ノックもなく執務室に入ってくるなんて、失礼では？」

「まあ、かたいことを言うな。王都の情報を持ってきたんだからな」

「王都の情報、ですか？」

「一応報告だよ。まあ、あんまり楽しい話題じゃないのは確かだな」

憂《うれ》いを帯びた笑みを浮かべたクロード殿下は、相変わらず年齢にそぐわない色気を醸《かも》し出していた。

殿下が来訪されたため、私は執務を切り上げ、シュザンヌと一緒に応接間へ移動した。そこにはすでに殿下がソファでくつろいでおり、向かいに座った私を楽しげに見つめてくる。

「それで？　どういったお話ですか？」

「まあ、その、なんだ。単刀直入に言うが、やっぱり、父上はお前と兄貴の婚約解消を認めないと言っている。兄貴はアンナ嬢と婚約したいのに、動くに動けないみたいだ」

私はその話を聞いて、思わず片手で顔を覆《おお》った。

「私が考えていたよりも、私とディオン殿下の婚約が重要だと、陛下は思われているようですね」

「そうだな。卒業パーティーの日以来、兄貴と父上は会っていないらしい。父上とパトリスが必死で結んだ婚約だったらしいからな。無理もないが」

どこか悔しそうにこぼすクロード殿下。お父様や陛下の気持ちを考えると、急に申し訳なくなる。けれど、やはり私は内乱の危機を見過ごせなかったのだ。

「でもまあ、こんな状況になって再び私と元のような関係に戻ろうとは、さすがのディオン殿下も思わないでしょうけどね」

「まったくだ。父上達の気持ちはわかるが……」

「それでも、私は婚約解消を認めてもらわなければなりません」

思わず手に力が入ってしまう。

そんな中、じっと私を見つめる視線に気付いた。

それは、クロード殿下の後ろにいる騎士のものだ。彼は、直立不動でじっと私達のやりとりを見ていた。きっと、公爵令嬢らしくないと思ってるんだろうな。返す言葉もないけど。

「それで？　今日の用件はそれだけじゃないんでしょ？　お昼ご飯と昼寝がかかってるんです。早く言ってください」

「昼ご飯と昼寝？」

「お嬢様。昼寝はご予定にはなかったかと思うのですが」

私がさりげなく増やした予定に、私の隣に立っていたシュザンヌが苦笑いを浮かべて苦言を呈《てい》す。

「あら、そうだっけ？」

でもそれくらいしたっていいんじゃないかな？　すこしでも休みたいという気持ちに、私は嘘がつけないのだ。

そこで殿下は苦笑しつつ話を切り出す。

「すまん。用件は、さっきの話の続きと、クリストフについてだ」

「あら、そちらの騎士様についてですか？」

「ああ。まずはさっきの話の続きだが、父上は婚約解消を認めないと言っている。周囲の者には、お前がいかに素晴らしく、国にとって有用かを……そして倒れた自分の命さえも救ったアレンフラールの女神だと、吹聴《ふいちょう》しているらしい」

「ぶふっ――」

なんだそれは⁉　どれだけ私を持ち上げたいのだ、陛下は。

百歩譲《ゆず》って、国にとって有用で、命を救ったっていうのはいいとしよう。照れくさいけど、誉めていただけて嬉しい。だけど、アレンフラールの女神って、なんだ⁉　どこの物語ですか？

いや……あれか。私が医学知識を、適当に誤魔化して、声が聞こえるとか言ったからか⁉　女神からの天啓を受けたとか、思われたのかもしれない。

「父上は内乱について気づいていないと思うが、お前はこの国の王を救ったんだ。それくらい言われてもおかしくないだろう？」

「いや、おかしいでしょ！　クロード殿下も、なんで普通に納得してるんですか⁉」

「むしろ、なんでお前がそんなに驚いてるんだよ。それくらいのことをやったんだ。そんなに謙遜《けんそん》しなくてていい」

そういうものか？　そういうものなのか？　私がおかしいのか？　脇を見ると、シュザンヌも優しくほほ笑みながら何度も頷《うなず》いている。

やっぱりおかしい。なんだこれ。

そう思いながら私が唸《うな》っていると、クロード殿下はさらに言葉を続けた。

「だが、そうやって褒められるのはいいことばかりじゃない。実はな、お前の存在を疎《うと》ましく思っている奴らが、動き出したみたいなんだ」

「疎《うと》ましく……？」

「ああ。お前は、自分と兄貴が結婚すると、三公が内乱を起こすと予想してただろ？　だから婚約破棄に持ち込もうとしたのに、陛下は婚約の解消を認めていない。三公からすると、お前はいまだに自分達の地位を脅《おびや》かす疎《うと》ましい存在なんだよ。それに、今までお前は王都の警備が厳重な屋敷に住んでいた。しかし、今は田舎《いなか》にいて手を出しやすい。連中は待ってましたとばかりに息まいている」

ぐ……。懸念はしていたけど、実際自分の身に危険が及ぶことは想定していなかった。完全にとばっちりだ。

「陛下……勘弁してくださいよ」

「お前の気持ちはわかるが、事態は動いている。そこで、クリストフだ」

「はぁ」

「クリストフは騎士団長をしていたが、辞めさせて、今日からお前の護衛としてつけることにした。給与は俺が負担するが、主《あるじ》はお前だ。面倒を見てやってくれ。わかったな？」

「はい!?」

なんだ、この王子はっ!!　さっきから、人を驚かせるようなことばかり言ってきて。

騎士団長を辞めさせた!?　護衛として私につける？　全然意味がわからない！

「騎士団長を辞めさせたって、大丈夫ですか!?　王都や城の守りはどうなっているのですか？」

「実はクリストフたっての希望でな。まあ、騎士団には他にも優秀な奴がいる。お前が心配するようなことじゃない」

「いや、でも……」

「なら、お前とこの屋敷の面々だけで、三公の狸《たぬき》どもの策謀を防げるとでも？　それこそ、貴族の私兵にはとんでもないやつがいることもある。備えておくに越したことはない」

私はクロード殿下の言葉に神妙に頷《うなず》いた。

つまりは、三公派の面々が私の命を狙うということだろう。そんな事態に、ただの貴族令嬢である私に抗《あらが》えるはずもない。

この屋敷に常駐している騎士はもちろんいるが、人数は多くない。獣《けもの》くらいには対処できても、王都からの刺客《しかく》に太刀《たち》打ちできるかというと、難しいだろう。殿下の言い分に納得しつつも、大げさなことは避けたい。

「それでもわざわざ騎士団長を連れてくることはないのでは？　何人か部下の人を貸してもらえれば、十分です。そうしたほうが、クリストフ様のご負担も減るだろうし」

「ん？　つまりは、クリストフ一人よりも、騎士が何人かいたほうが安心ということか？」

「いや！　そういうことではなくて——」

「それとも、クリストフが嫌な理由が他にあるとでも？」

「だから、そういうことじゃなくてね——」

なぜだか私の言葉を変な風に解釈する殿下に、すこしだけ苛立《いらだ》ちを覚える。その時、殿下の後ろに立っていたクリストフ様がすっと前に歩み出た。

「レティシア嬢、クロード殿下。発言をお許しいただけますか？」

私は気まずくなり、彼から視線を逸《そ》らしながら頷《うなず》いた。

「レティシア嬢のお優しさとご懸念は、重々承知しております。ですから、そのご不安を払拭《ふっしょく》できるよう、私をお試しいただくというのは、どうでしょうか？」

「試す？」

「はい。私は、騎士団長をやっておりました故《ゆえ》、腕には自信がございます。レティシア嬢が心配なさるほど軟弱ではないことを証明いたしましょう。ここに来る途中に寄った村で、獣《けもの》が出るという話を聞きました。公爵家に獣《けもの》の被害について相談しているとも。その獣《けもの》を、私に退治させていただけませんか？」

それは偶然にも、さっき見た書類の村のことだった。

「獣《けもの》退治……ですか」

「はい。そちらの懐《ふところ》を痛めずに問題を解決できますし、私としましては、自分の力、そしてレティシア嬢に害をなす存在でないことを示すことができる。どちらにとっても悪い提案ではないでしょう？」

筋肉質で大柄な体に、優しげな眼差《まなざ》し。短めの暗い色の髪は、落ち着いた印象を相手に与える。実直さと誠実さを示すような目を持つクリストフ様は、じっと私を見つめて返事を待つ。

「まあ、そうだけど……」

確かに陛下が婚約解消を認めないとなったら、私の立場はとても微妙なものになるだろう。命を狙われる可能性だってある。そんな私に護衛をつけるというのは理解できる。だが、そのために一人の騎士の人生をゆがめるのはいかがなものか。

しかし、目の前のクリストフ様に、嫌々といった様子は見られない。

むしろ自《みずか》ら望んでいる雰囲気を感じるのは、私の傲慢《ごうまん》だろうか。

悩ましいけれど、別に獣《けもの》退治をしたからといって受け入れなければならない訳ではないだろう。

クリストフ様の真意を探《さぐ》るために、様子を見るというのは、悪い選択肢ではないかもしれない。

そう思った私は、渋々《しぶしぶ》ながら彼に獣《けもの》退治を任せることにしたのだった。

獣《けもの》が出るという場所は、本宅からそれほど離れていない村だった。

その村では主に芋を育てており、それを荒らしに獣《けもの》がやってくるのだという。

ドニには渋《しぶ》られたのだが、今回は私自身が同行することにした。クロード殿下はクリストフ様と一緒に行くことをかなりすすめてくるし、クリストフ様もぐいぐいと押してくる。

その圧力に耐えられる人は、この国にはそんなにいないんじゃなかろうか。

それを伝えると、ドニは顔をしかめながらも了承してくれた。

クロード殿下もついて来ようとしていたのだが、一緒にいた側仕えに「お仕事がありますよ」と言われ、悔しそうに帰っていった。

「クリストフをお前につけようと言ったのは、俺だからなぁ！　忘れるなよ！」

そんな、どうでもいいことを叫びながら、殿下は去っていった。

なんなのだろう。そのよくわからないアピール。恩着せがましいにもほどがある。まあ、彼の様々な配慮はありがたいのだけれど。

そんなこんなで、今は、村に向かう馬車の中にいる。

私の目の前にはクリストフ様、横にはシュザンヌ。そして、御者《ぎょしゃ》をしている二人が公爵家の護衛だ。正直に言うと、護衛はクリストフ様の見張りも兼ねている。いくらクロード殿下のお墨付きで元騎士団長と言っても、私の状況を考えると用心したほうがいい。信用しきれないのはしょうがない。

だからこそ、私はクリストフ様とできるだけ交流を図った。

聞くところによると、やっぱりクリストフ様はすごい人のようだ。本来ならば魔法使いがいなければ殺せない魔獣にすらも、対抗できる力を持っているらしい。

魔獣とは、獣《けもの》に邪気が宿ったものとされている。

その邪気を打ち払うには、魔法を使うしかないのだが、獣《けもの》に対抗できるほどの魔法の使い手は多くない。そのため、魔法が使えるだけで、騎士団や魔法を使う兵の集まりである魔法師団に入ることができる。当然、そのどちらも、普通ならば入るのはとても難しい。

ごく稀《まれ》に平民でも魔法が使える者がいるが、秀《ひい》でた者の血を濃くしていった貴族のほうが魔法が使える者が多い。

私も、すこしだけなら魔法が使える。本当に、ちょっとだけだけど。私の場合は公爵令嬢という立場から軍に入ることはないが、貴族院では一目置かれていたと思う。多分。

「魔獣に対抗できるということは、クリストフ様は魔法が使えるのですね。そういえば、騎士団と魔法師団のどちらに配属されるかは、どうやって決まるのでしょうか？」

「レティシア嬢。魔法にもいろいろと種類がございます。そして、その使える種類によって配属される場所が決められるのです。私は、一般に言われる魔法が使えないものの、無属性の魔法が得意だったので、騎士団に入ったのでございます」

「無属性？」

私がきょとんとしていると、クリストフ様は親切に教えてくれる。

「はい。貴族院では無属性魔法は習わないかもしれませんね。ご存じとは思いますが、魔法の属性には、火、風、水、土、そして無属性がございます。前の四つは、その属性に関連した魔法が使えるのですが、無属性はそうではありません。個人の資質に左右される、独自の魔法でございます」

「クリストフ様はそれを使えると？」

「はい。私は身体強化が得意ですね」

クリストフ様はそう言い、懐《ふところ》から銀貨を取り出すと、両方の親指と人差し指で持った。ごく普通の銀貨だ。それをじっと見ていたクリストフ様が、唐突に指に力を込める。彼の指や腕の腱《けん》と筋《すじ》が浮き出て、筋肉が収縮しているのがわかる。

その瞬間――銀貨がパキンと左右に割れた。

「ひゃっ!?」

「このように、常人ではできないことができるので、私は騎士団長になることができたのです」

「ほ……本当にお強いのですね。今回の件は、頼りにさせていただきますよ」

「お任せください」

内心、心臓がバクバクだ。

指で銀貨を割る人がいるなんて……！　だって、銀貨だよ？　それこそ漫画の世界じゃん！

これだけ力があるのなら、もしかして前世の漫画で読んだこともできちゃうかもしれない。

「もしかして、クリストフ様、片手で……それも小指だけで腕立て伏せができたりしますか？」

私がすこしばかりからかいをこめて問いかけると、クリストフ様は困ったような苦笑を浮かべた。

って、え？　否定しないってことは、できるってこと⁉

やばい、超人がここにいた！

結果から言うと、そんな超人クリストフ様にかかれば、村を脅かす獣《けもの》など一刀両断《いっとうりょうだん》だった。

クリストフ様は村の精鋭に連れられて近くの山に入り、そこに巣を作っていた獣《けもの》をばっさばっさと斬り殺したとのこと。なんと、その中に魔獣が一匹いたというから驚きだ。だが、クリストフ様にとってはそれほど脅威ではなく、あっという間に討伐《とうばつ》を終えたらしい。

今は、寄合所《よりあいじょ》のようなところで、村人が開いたお祝いの場にお呼ばれしていた。

一応、私が一番上座にいるのだが、ここでの主役は当然クリストフ様だ。村長をはじめ、みんながクリストフ様を取り囲んでいた。

「いやー、さすがです！　元騎士団長の名は伊達《だて》ではありませんな！」

「村の精鋭達がよくやってくれたのだ。こちらとしても早くことが済んで助かった。礼を言おう」

「そのようなお言葉、もったいないですぞ！　ははは！」

まんざらでもなさそうに笑う村長の横では、村の精鋭と呼ばれた男達がキラキラとした目でクリストフ様を見上げていた。

「本当に、クリストフ様の剣技は素晴らしかったですな！　剣の軌道が俺達とはまったく違うっていうか、なんていうか……」

「何言ってんだ、お前はよ。クリストフ様の剣技は、すごすぎてまったく見えなかったじゃねぇか！　違うかどうかすら、わからなかっただろ！」

歓待を受けながらお酒を飲むクリストフ様の顔は、すこし赤い。

私？　当然、飲んでいますとも！　あー、こういう村で飲むエールも、なかなかおいしいね！　くぅー！

エールに舌鼓《したつづみ》を打っていると、先ほどまでクリストフ様のところにいた村長が、こちらに近づいてきた。

「レティシア様。このたびは、私達の願いを聞き入れてくださり、本当にありがとうございました」

「いえ。領民が困っているのですもの。領主が手を打つのは当然のことでしょう」

「おかげ様で、芋が無事で済みました。本当に感謝申し上げます」

「これからも励んでくださいね」

「はいっ！」

私が声をかけると、村長は飛び上がらんばかりに喜んだ。

芋の収穫量が村の生活を決めるのだ。喜ぶのも当然だろう。

それにしても、ここだとニコニコとほほ笑んでいるだけでお酒が出てくる。屋敷にいるよりもずっとのんびりできている。ビバ獣《けもの》退治！

宴《うたげ》も終盤となると、村人達が机や食器を片付けはじめる。みんな、満面の笑みで、思わず私も顔が緩んでしまう。

やっぱり笑ってるほうがいいよね。

そんな当たり前のことを考えながら、私は宴《うたげ》の主役であるクリストフ様に目を向けた。先ほどまでは村人達と和気あいあいとしていたが、今は静かに私の横に座っていた。

村人達が褒めていたように、彼の腕は見事だ。騎士団長という立場を捨てて、私の護衛をするなんてもったいないと思う一方、彼にいてもらえたら助かるのは確かだと思う。

それに、クリストフ様ののびのびした様子を見ていると、クロード殿下の命令かなんかで嫌々やらされているわけでもなさそうだ。

護衛、頼んじゃってもいいかな？

そう考えて、口を開きかけたところで――

ふと、クリストフ様の顔色が、すこし悪いように思えた。さっきまで赤かったはずなんだけど、酔いがまわって気持ち悪い、的な？

――そう思った矢先、クリストフ様の体がぐらりと揺れる。

「へ!?　クリストフ様!?」

私の叫び声が響く。咄嗟《とっさ》に抱き留めたが、私は彼と一緒に倒れこんでしまった。

「お嬢様！」

後ろに控えていたシュザンヌが、慌てた様子で駆け寄り、クリストフ様を床に寝かせてくれる。

「どうなさったのですか？」

「いきなりクリストフ様が倒れてしまったの！　クリストフ様、どうされたのですか!?」

私は、そう叫ぶと、視線をクリストフ様に向けた。

先ほどよりも顔面は蒼白で、呼吸も浅い。手足は冷たく、呼びかけにも答えない。とっさに脈に触れるも、とても弱々しく心もとない。

「一体何が……」

突然の事態に困惑していると、背後のほうでも悲鳴が聞こえた。

「おい！　大丈夫か？　おい！」

「ちょっと、誰か来て！　うちの人が死んだように真っ白に――」

振り返ったら、数人の村人が倒れていた。周囲の人達が慌てふためきながら、倒れた面々に駆け寄る。

あちこちで上がる悲鳴。あっという間に、宴会の席の状況が一変した。

誰もが動揺し、何もできない。そんな最悪の状況が、瞬《またた》く間《ま》に出来上がった。

何よ、これ……病気？

どくんどくん、と心臓の鼓動が私を急《せ》かすように音を立てる。

「一体、何が……」

先ほどと同じ言葉がまた口をつく。

シュザンヌがクリストフ様を抱き起こそうとしているのが見える。何度も体を揺すっているが、彼に目を覚ます様子はない。苦しむ様子すらない。その生気のなさに、私は背筋が凍っていくのを感じた。

「お嬢様!!」

私はきっと茫然《ぼうぜん》としていたのだろう。シュザンヌの声に体を震わせると、ようやく我に返ることができた。

しかし、体は動かない。周囲を見渡すばかりで、おろおろしてしまう。

この世界に生まれて十八年、レティシアたる私は医学なんて学んでいないし、実際に何かをしたのだって陛下にだけ。それに前世でも、医者だった訳ではない。素人《しろうと》が現状を理解して動くなど不可能だ。

もしかして、クリストフ様達が倒れたのは、私が対処できるような病気じゃなく魔法や呪術のせいなのかもしれない。私を狙う刺客《しかく》がいて、その人の仕業《しわざ》かもしれない。

そう思うと、途端に恐怖で体が震える。

――死にたくない。逃げないと!

そう思って、シュザンヌの手を取った。シュザンヌを置いていくことなどできない。だから咄嗟《とっさ》に手を握ったのだが、彼女の手はひどく冷たかった。シュザンヌの顔を見ると、彼女の視線は泳ぎ、恐怖に溺《おぼ》れていた。

その顔を見た瞬間、レティシアではない私――前世で看護師だった私が、自分自身を怒鳴りつけた。

『何やってるのよ! 私はずっと、急変した患者を診《み》てきたのよ!? 目の前で倒れてる人がいたらどうするのか、もう知ってるじゃない! 動け! 動くのよ、私!』

前世の記憶を取り戻した時と同様の頭痛に襲われる。

その猛烈な痛みとともに、私の心には熱が戻った。

そうだ。ぼーっとしている暇はない！　ひとまずは原因究明、そして患者の生命維持。やれることからやればいい。そうしないと、何ができて何ができないのかすらもわからない。

やるのよ、レティシア！　今ここにいるのは、私。頼れるのは自分だけ！

自分に活《かつ》を入れると、私は背筋をすっと伸ばした。そして、急いでクリストフ様に近づき、診察した。看護師としての記憶。それを活《い》かさなければならないのだ。

先ほどから変わらず、彼の顔面は蒼白で、脈は弱い。けど、手首の動脈で脈を取れるということは、血圧はまだ維持できている。とはいえ、循環が弱っているのは間違いない。

手足に触れると冷たい。つまり、先のほうまで満足に血が通っていないということだ。もしかしたら、ショック状態一歩手前なのかも。でも、なぜ……

原因がわからない。原因が特定できなければ、治療法もわからない。

どうしたらいい？　どうしたら……っ！

「お嬢……様？」

心配そうな顔で覗き込んでくるシュザンヌ。

私は苦々しく顔をゆがめると、視線を逸《そ》らしクリストフ様を見下ろす。

いくら前世の記憶があると言っても、私にできることなんてたかが知れている……。でも、それじゃあ、クリストフ様達を助けることなんて――

思考が最悪の方向に傾きかけていたところに、村人達の言葉が耳に入った。

「これはもしかして、命食らいじゃねぇか!?」

「ああ、そうに違いない！　いきなりこんな状態になるなんて、それ以外に考えられない」

「それじゃあ、俺達の村はどうなる!?　せっかく獣《けもの》を退治したんだぞ？　くそっ！　村を捨てなきゃならねぇのか」

聞き覚えのない言葉。命食らい？　それは何!?

私はすぐさま立ち上がり、声を上げていた村人達に駆け寄る。突然近づいてきた私に驚いたのか、村人達は数歩後ずさった。私はその間合いも一瞬で詰める。

「村を捨てるってどういうこと!?　これがなんなのか、知ってるの？」

「貴族のお嬢様は知らねぇのか？　命食らいだよ！　突然人が倒れ、それがだんだんと村中に広がって、やがてみんな死んじまうんだ！　いきなりこんなにたくさんの人が倒れるなんて普通じゃねぇ！　これは、命食らいに違いない！　もうこの村はだめなんだよ」

「その命食らいは移るってこと!?　どうしてわかるの!?　生き残った人がいるの!?」

「あぁ？　そんなことわかんねぇよ！　でも昔っから決まってんだ！　命食らいが出たら、すぐさま逃げろってな。そうしないと、他のやつらもみんな食われちまうんだよ！」

そう叫びながら、村人は走り去っていく。村の人々は、去る者と、倒れている者に付き添う者にあっという間に分かれた。

残った者は、おそらく家族なのだろう。涙を流しながら必死に叫んでいる。

村中に症状が広がるのなら、これは感染症？　でも、こんな急激に伝染する感染症なんてある？　症状の進行が急激すぎるからアナフィラキシーショックかとも思ったけど、それならやっぱり移るのはおかしい。

アナフィラキシーショックとは、短時間で急激なアレルギー反応が現れ、命に危険を及ぼすものだ。蜂刺されや食べ物のアレルギーがよく知られているが、近くにそれらしい虫はいないし、食べ物のアレルギーが村中に広がるのはありえないだろう。

じゃあ、毒による中毒か？　それならこの急な変動も説明できるものの、しっくりこない。毒なら、確かに揮発《きはつ》した毒素が漂《ただよ》って移る可能性もある。しかしそれなら村を食らいつくすほどの力は出ないはずだ。

だが、こうやって悩んでいても答えは出ない。

とにかく、他の人も診《み》てみないと。私はすぐに、近くに倒れている男性に駆け寄った。

しかし、彼に寄り添っていた中年の女性は、倒れている男性を抱きしめながら私に鋭《するど》い視線を向けてくる。近づくなということだろう。

それきり、彼女は男性を抱きしめて目を閉じてしまった。

無理やり彼女を引き剥《は》がしても仕方がない。近くで見た限り、彼にもクリストフ様と同じような症状が出ている。おそらく、同じ原因による症状。つまり、クリストフ様を助けることができれば、他の人も助けることができるってことだ。

そこで、正気を取り戻したらしいシュザンヌが声をかけてくる。

「お嬢様、大丈夫ですか？」

「ええ、大丈夫よ」

そう言いながら、私は男性を抱きしめたままの中年女性を見つめた。彼女の背中には、恐怖がのしかかっているように見える。

「今はとにかく治療の手がかりを見つけること。クリストフ様のところに戻りましょう」

「はい」

踵《きびす》を返しながら、私は心の中で先ほどの女性に誓う。

治せる可能性を諦めず探し、クリストフ様も倒れた方々もすべて救う、と。絶対にだ。

「よし！　領民を救えずして、何が領主の娘ですか！　こうなったら絶対に助けてやるんだから！　やるわよ、シュザンヌ！」

「えぇっと――は、はい！」

私が突然声を上げたものだから、シュザンヌはびっくりして目を見開く。私の声は、きっと、後ろの女性にも聞こえただろう。あの女性にすこしでも希望を届けることができたらいい。もしかしたら、絶望の淵《ふち》に沈まずに済むかもしれない。

みんなの命を肩に負いながら、私は再びクリストフ様に相対する。

さて、仮説を立ててみよう。

まず言えることは、この病《やまい》には感染力があるということ。村すべてを食らいつくすということから、間違いない。

では、どう治療するのか。抗菌薬？　――そんなものはない。個人の免疫力にかける？　――そんな時間はない。そして、どのように感染する？　――わからない。

八方塞《ふさ》がりに見えるこの状況で、もう一つ考慮すべきことがある。

それは、反応が急激に進んでいるということだ。

ここまで状況が悪くなるということは、単なる感染症では説明がつかない。

考えられる原因は、中毒症状、アレルギー症状、未知のものが原因の中枢《ちゅうすう》神経の破壊……。だが、どれもこれも感染力は持たない。

ただ、これらの原因は、いずれもある一点において共通点を持つ。

それは、そのどれもが血液が主軸となった症状ということだ。毒素を回すのも、アレルギー物質を回すのも血液。中枢《ちゅうすう》神経に作用しやすいのも、血液である。

つまり……わたしにできることは一つだけ。

「ねぇ、シュザンヌ。できるだけきれいな布と、魔力回復薬はあるかしら？」

魔法を使える者は、魔力が枯渇《こかつ》すると動けなくなってしまう。前に私が魔法の練習中に魔力を使いすぎて倒れて以来、過保護なシュザンヌはいつも魔力回復薬を携帯している。それも、何個も。

「ありますけど……それをどうするのですか？　お嬢様は治癒《ちゆ》術は使えないはずでは」

「私でも使える魔法があるでしょ？　それを、今回の治療に応用できないか、試してみる」

「お嬢様が使える魔法……」

途端に顔をしかめるシュザンヌ。

それもそうだろう。私の魔法の腕前は大したものではない。そして、一見、役に立たないものだ。けれど、今、もしかしたらうまく活用できるかもしれない。

私が小さくほほ笑みかけると、シュザンヌは暗い表情で荷物を漁《あさ》った。私は目の前に横たわるクリストフ様を見て、村中に倒れている人達の無事を心の中で祈る。クリストフ様は、もはや虫の息と言っていいほど弱り切っていた。遠ざかっていく命を感じて、思わず自分の手を握りしめる。

「お嬢様。先ほどおっしゃっていましたが、魔法とは――」

シュザンヌが魔力回復薬と布を差し出しながらそう声をかけてきた。その表情は一層暗くなっている。ふと横を見ると、護衛の二人もそばに立ち、青白い顔をしていた。クリストフ様の容体が悪くなっているのを感じ取っているからだろう。

「あなた達の不安はわかる……。けど、やるしかないでしょ？　いいから、見てて。これがだめでも、また別の手を考えればいい」

私が使う魔法。それは正直、大したことのない、水魔法と言われるものだ。私の水魔法は規模が小さく、少量の水を生み出すくらいしかできない。

優れた水魔法の使い手は、とんでもない量の水を生み出したり、水のドラゴンなどを操《あやつ》って敵を蹂躙《じゅうりん》したりできるらしい。だが、私は違う。魔法に関しては非常に凡庸《ぼんよう》だ。

しかし、私は前世の知識を得たことで気づいたのだ。

水を生み出すということは、周囲にある水分を集めることではないのか、と。

つまり、無から水を生み出しているのではなく、水を操っているというイメージに近いのだと思う。

その考えが正しければ、きっと成功するはず。いいや、成功させてみせる。

私は、シュザンヌからもらった布を、口元を隠すように顔に巻いた。

感染力があるなら、飛沫《ひまつ》感染を防ぐために有効かもしれない。一応、シュザンヌと護衛の二人にも布を渡す。

「はい。シュザンヌも。とりあえず、感染経路を防ぐために、口と鼻を隠すように結んで。それとシュザンヌは、私が声をかけた時に薬をちょうだい」

「こんなこと、一体何に――」

シュザンヌや護衛はきょとんとしている。この世界では感染症対策という概念がないからだ。

「いいからやる！　もしやらなくて死んじゃっても、責任はとれないんだからね。それより今はクリストフ様の治療です。さぁ、はじめるわよ」

私は、クリストフ様の手を片手で強く握ると、ゆっくりと魔力を流していく。

水魔法が水を操作するものならば、同じ液体である血液も操作できるのではないか。

そう思って魔力を流してみたら――この通り。

私は今、クリストフ様の手を介して、彼の血液の流れを掌握《しょうあく》している。

徐々に込める魔力を増やしていくと、だんだんとクリストフ様の全身が輝きだした。魔法を使う時、たまにかすかな光を放つことがある。きっとそのせいで輝いているのだろう。ちょっとびっくりしたけど、やめる訳にはいかない。

「お嬢様！　こ、これは！　これは何を！」

「クリストフ殿が光っている！」

「これをお嬢様がやっているというのか⁉　一体どういう――」

シュザンヌと護衛が驚いているが、今は構っている暇はない。

私はクリストフ様の血液に意識を集中させる。すると、血液の中にひどく汚いものが混じっていることがわかった。

やっぱり普通の状態じゃない。

思わず顔をしかめてしまうが、そのまままさらに意識を集中させる。

きっと、血液中の汚いものが悪さをしているのだ。なんとか引っこ抜けないかな。

血液は、血漿《けっしょう》という液体成分と、赤血球や白血球などの固形成分からなる。汚いものは、血漿《けっしょう》の中に混じっているようだ。水魔法で液体を操ることができるということは、血漿《けっしょう》ごと汚いものを引っこ抜けるのではないか。

そう思って流し込む魔力の量を増やした。すると突然、クリストフ様の血管の中にあった汚いものが、私の身体の中に移ってくる。

「ぐうっ――」

その瞬間――全身に悪寒《おかん》と激痛が走った。自分の体の中に取り込んだものを、彼の手を握る手とは逆の手から放出した。

それは茶色く濁《にご》った水で、見るからに汚染されたものだとわかる。

「この水に決して触らないで！　クリストフ様の血液に含まれていた、汚染されている水です。すべては取り切れませんが、もしかしたらこれで助かるかもしれません」

そう言いながら、私は彼の体から汚い水を搾《しぼ》り取り、魔法で生み出したそれに代わる水分を浸透させていく。クリストフ様の血液を浄化することで、私の魔力はもう空《から》っぽだった。やれるだけのことを終えると、私はすぐさまクリストフ様に魔力を流すのをやめた。

すると、光は消え、代わりに彼の穏やかな寝息が聞こえてくる。

私はというと、魔力が枯渇《こかつ》しかかってフラフラだ。万が一、魔力を使い切ってしまったら、意識を失いかねない。

ぐらりと揺れる私を支えてくれたのはシュザンヌだった。

「お嬢様、もう……」

「薬をちょうだい。まだ、みんな苦しんでるわ」

「——はい」

シュザンヌは何か言いたそうな顔をしていたが、私は気づかないふりをして薬を呑んだ。そして、重だるい体を引きずりながら、私は先ほどの中年の女性のところに歩いていく。

彼女は私が魔法を使う様子を見ていたのだろう。心配そうではあるけれど、縋《すが》るような視線で見つめてくる。私は彼女と横たわる男性の前に立つと、できるだけ静かに言葉を紡《つむ》いだ。

「お願いがあります。もしかしたら、助けられないかもしれない。けど、やれることだけやりたいのです。私に、この方を治療させてくださいませんか？」

「あ、ああ。お願いするよ……」

女性の同意を得た私は、クリストフ様にしたのと同じように、男性の手を握った。

そこから魔力を通すと、彼の全身が光り輝いていく。

「っ――!?」

私が握っている手の反対にいる女性は、片手で口を覆《おお》うと、何かを堪《こら》えるように歯を食いしばった。じっと彼を見つめる目から、涙が溢《あふ》れだす。

「っ……あんた……」

嗚咽《おえつ》混じりの声を漏《も》らす女性を横目に、私はひたすら血液の中の不純物を外に排出していった。

次第に顔色を取り戻しはじめた男性とは反対に、私の体調は悪化していく。無理やり魔力を絞《しぼ》り出していると、手を持ち上げるのさえ億劫《おっくう》になるほどの倦怠感《けんたいかん》が襲ってきた。頭は痛いし、気持ち悪くなってくる。

それでも私は今、魔法をやめる訳にはいかない。

目の前の男性の治療を終えた私は、声を発することすらできず、シュザンヌに視線を向ける。

シュザンヌは私の言いたいことを察してくれたのだろう。そっと、私に魔力回復薬を渡してくれた。けれど、私はそれを受け取ることができない。小さく首を横に振ると、シュザンヌが泣きそうな顔で私にそれを呑ませてくれた。

その横では、顔色のよくなった男性に抱き着いている女性の姿があった。大きな泣き声を上げながら、涙を流している。

薬を呑んで魔力を回復した私は、「次ね」と呟《つぶや》いて立ち上がった。すると、それに気づいたのか、女性が声をかけてくれる。

「ありがとうございますっ、本当にありがとうございます！」

「まだ安心はできないから。つらそうな様子があったり、何か変なところがあったりしたら、また声をかけてくださいね」

何度もお礼の言葉を繰り返しながら、地面に頭をこすりつける女性。その行動を受け入れるのはすこし悩んだけど、止める労力も今は惜しい。

私は次に倒れている人に近づいていく。

体調は最悪だ。それでも、何とかやるしかない。

私は歯を食いしばりながら、次の患者に魔力を流していく。

「おい、まさか、そんなことがあるのか!?」

三人目も、顔色を取り戻した。周囲から歓声が聞こえる。

これで三人。まだまだだ。

私はシュザンヌに薬をもらい、次の患者に向かっていく。

治療の様子に気づいた村人達が、ざわめきだす。

「命食らいに食われているやつが光ってる……なんだこれは」

「さっきまであんなに顔が白くて、死人のようだったのによ、今じゃただ寝てるだけみてぇだ」

もう一人。もう一人。そう思いながら、私は治療を続ける。

「こんなの、王都の治癒《ちゆ》術師もできないことなんじゃねぇか？」

「それを、レティシア様は――」

――そうしてついに、あと一人となった。よし、これで最後だ。

だが、今度こそ、私が立てなくなってしまった。

何度も魔力が枯渇《こかつ》する寸前まで追い込まれた私は、通常ならば一度か二度しか使えない魔力回復薬を、すでに七回使っている。さすがに呑みすぎたのか、頭痛や吐き気、倦怠感《けんたいかん》などの症状は治まらず、悪化の一途を辿っていた。おそらく、見た目もひどいことになっているだろう。私にはもう、表情を取《と》り繕《つくろ》う余裕もなかった。

「お嬢様……もうやめてくださいませ。お嬢様のほうが倒れてしまいます」

シュザンヌはそう言って、私に縋《すが》りつく。

「あと一人よ、シュザンヌ。いいから、薬を……」

「う……もう……もうありません！　もう薬がありませんから、やめてください！　お嬢様！」

泣きそうな――いや、すでに泣いているシュザンヌ。彼女が嘘をついていることくらいわかる。

それだけ私を心配してくれているんだろうな。

けど、あと一人なんだ。それでみんなが助かる。

「わかってるから、シュザンヌ。持ってきて？」

「――っ、い、嫌です！　このままではお嬢様の命が危険なんです！　もう十分ではありませんか！　そんなにぼろぼろになって、命まで危険にさらして……っ！　どうしてですか！」

「どうしてだろうね」

私のことを思って言ってくれているのだとわかるよ、シュザンヌ。

でも私は、助かる可能性のある人がいて、助けられる自分がいるのに、その人を放っておくなんてできない。したくないいんだ。

病気に苦しめられた前世の私がそうだったように、死の淵《ふち》にいる人達は救いを求めている。それでも、助からない時だってある。けど、もし救えるなら、私は手を差し伸べたい。かつての私のように、死の恐怖に怯《おび》えながら生きるのも、そういう人を放っておくのも、嫌なんだ。

だから、ごめんね。

「……今の私が、私達がいるのは領民のおかげなのです」

「お嬢様……」

「私達貴族は、みんなが納めてくれる税で生きています。そして私達は彼らを守るために全力を尽くす。私達だけが生き残っても、生きていけないのです。今この村の人を救うことは、私達自身を救うこと」

意識が朦朧《もうろう》としているせいか、口調がばらばらだ。前世の記憶が戻る前と後の自分を、明確に区別できない。

「ですから、私は今目の前にいる者達を助けたい……ほら、シュザンヌ。だから薬をちょうだい？ね、お願い」

「……お嬢様」

「ほら、涙を拭いて？　笑ってたほうがあなたは可愛いわよ」

「本当に、馬鹿なんですから、お嬢様は」

シュザンヌがそう言って差し出してくれた薬を呑み干して、私は最後の一人に魔法を施《ほどこ》す。すると、その人の口から見慣れない虫が出てきた。

「ひぃっ⁉」

私は反射的に虫を踏んでしまった。もしかしてこれって――

そう考えかけて、思考が止まる。それは最悪の体調と、周囲から聞こえてくる低い声のせい。

なんだ、この声は。そう思って周囲を見ると、そこにはすさまじい光景が広がっていた。

大勢の人――村人全員と思われるほどの人数が例外なく跪《ひざまず》き、そして両手を組んで祈りを捧《ささ》げている。なぜだか私に向かって。

「女神様、我らの村をお救いくださいませ」

「女神様――」

「女神様――」

百人ほどの人達が、自分に向かってひれ伏している。すごいっていうか、むしろ怖い。

なんだこの状況？　って、うちの護衛まで一緒になって、何をやってるんだ。

みんなが聞き捨てならない言葉を口走っている気がするけど、今はそれすらも考えるのがしんどい。

遠くには、体を起こしているクリストフ様の姿が見えた。

――よかった、本当に成功したんだ。

安堵《あんど》した瞬間に、全身を襲う疲労感と魔力枯渇《こかつ》症状。ただの令嬢である私には、これ以上意識を保っていることなど、できる訳もなかった。

ブラックアウトした視界の中で、私は、大きく息を吐く。

そのため息は、安堵《あんど》と達成感で満ちていた。

◆

獣《けもの》の討伐《とうばつ》の日――つまりは命食らいという原因不明の病《やまい》に対処してから、今日で十日が経つ。

私はあの日意識を失い、およそ三日間も眠りこけていたらしい。起きてすぐにクリストフ様や村の人々の安否を確認すると、全員が目を覚まし、前と変わらず過ごしているという。

つまり、私の治療は効果ばつぐんだった訳だ。

なんでも命食らいは、村や町を呑み込むほどの脅威なので、発生したら届け出が必要らしい。私が目を覚ましてすぐに、クリストフ様が王都へ報告に向かってくれた。報告には、ちょっと気になったことも付け加えてある。返答が来ると嬉しいな。

一応、今日クリストフ様が戻る予定だ。私とシュザンヌはクリストフ様を出迎えるべく、準備に勤《いそ》しんでいた。まあ、実際に動いているのはほとんどシュザンヌで、私は案を出しただけなんだけど。

私はしっかり療養するのが仕事だと言われている。ただ今、昼下がり。おやつの時間にはちょうどいい！

ちらりと横を見ると、シュザンヌと目が合う。私が何を言いたいのかわかったのか、彼女は眉をひそめて、小さくため息をついた。

そんなシュザンヌに、私は優しく尋ねる。

「ねぇ、シュザンヌ。この前作ってもらったクッキーはまだ残ってるかしら？」

「また、そんなことを言って。さっき昼食を食べたばかりじゃありませんか？」

「いいのよ。今は療養中だしね。あー、体が怠《だる》いなー、糖分を摂《と》らなきゃ頭が痛いの治らないー」

「まるで子供のようなことを……。あの時のお嬢様とは別人ですね。ふぅ、しょうがないです。なら持ってきますけど、後で採寸させてもらってもよろしいでしょうか？　本当に、今すぐに、早急に、どうしようもなく、ドレスを仕立て直さなければならなそうですので」

心からのため息をついたシュザンヌの言葉に、私の背筋が凍る。

「えっ!?　最近もそんな感じ？　控えてるつもりだったけど!?　嘘！　嫌よ！　そんなことってないわ！」

彼女の言葉を否定したくてつい声を出してしまったけど……本当にそんなやばいの？

「それが嫌ならば、淑女《しゅくじょ》らしからぬ行動は慎《つつし》んでくださいませ。ご主人様からは、お嬢様をしっかり見張っておくよう申しつけられております」

「そう……ですか。シュザンヌは命を削ってぼろぼろになった私に、そんなひどいことを言うのね。

今の私を支えるのは唯一、クッキーだけなのに……。それすらも禁止するなんて、あなたは私自身よりも淑女《しゅくじょ》としての体裁のほうが大事なんだわ」

私は俯《うつむ》きながらそうこぼす。今の私の外見はとてもとても美しいのだから、こういう仕草をすれば、さぞ可哀想に映るだろう。

案の定、シュザンヌはすこしだけ動揺したのか、慌てたように言葉を続けた。

「お嬢様、違うのです！　私はお嬢様のことを思って――」

「なら、シュザンヌ。私はクッキーはあきらめます。ですから……そうですね。ワインを持って来てくれたら、信じてあげてもいいですよ？」

この流れなら、今日は昼からワインに舌鼓《したつづみ》を打てるかもしれない！　私が勝ち誇ったようにほほ笑むと、シュザンヌはとても冷たい笑みを浮かべていた。

「人が心配していれば、そのようなことを……。もう、今日はクッキーもワインもありません。水でも飲んで、明日まで過ごしてくださいませ」

「えぇっ⁉　シュザンヌ⁉」

そんなやりとりを終えると、シュザンヌはふいとそっぽを向いた。

仕方なく、私は無糖の紅茶を口にする。うん。おいしいんだけどさ、鼻に抜ける香りが素晴らしいんだけどさ、小腹がすいたな。

しばらく淑女《しゅくじょ》らしくおしとやかに窓の外を見ていると、遠くに馬の影が見えた。

私が腰を上げた時には、シュザンヌはすでに部屋のドアを開けて私を待っていた。

「ありがと」

「どうぞ、お嬢様」

シュザンヌに促《うなが》されて玄関の外に出ると、馬から降りたクリストフ様――そしてなんでかクロード殿下が立っていた。よくわからないけど、殿下はいつも通り自信満々に笑っている。

その笑顔を適当にスルーしつつ、私は二人を応接間に案内した。

ソファに腰かけた途端、クロード殿下が話しかけてくる。

「大変だったみたいだな。もう大丈夫なのか？」

「私はゆっくり過ごしていたので、すっかりよくなりました。それよりも、クリストフ様は大丈夫ですか？　命食らいの後遺症などはありませんか？」

私の言葉に、クリストフ様は大きく頷《うなず》く。

「はい。本当にありがとうございました、レティシア嬢。特に後遺症もなく、今まで通りです」

「それはよかった。それで……王都への連絡はどうでした？　うまくいきましたか？」

私がそう尋ねると、クロード殿下は胸元から一通の手紙を取り出した。

それには王家の封蝋《ふうろう》が押されている。手紙の差出人は、国王陛下だった。

「その手紙は形式的なものだからな。詳細は、俺とクリストフから話したほうが早いだろ」

「お願いします」

その間に、シュザンヌは流れるような動作でお茶を淹《い》れてくれた。ん？　さっきよりいい茶葉を使っているみたい。しかも、普段は私が飲みたいと言っても飲ませてくれない、一番いい茶葉だ。

ご愛読誠にありがとうございます。

読者カード

●ご購入作品名

●この本をどこでお知りになりましたか？

年齢　　歳　　　　性別　　男・女

ご職業　1.学生（大・高・中・小・その他）　2.会社員　3.公務員
4.教員　5.会社経営　6.自営業　7.主婦　8.その他（　　　）

●ご意見、ご感想などありましたら、是非お聞かせ下さい。

●ご感想を広告等、書籍のPRに使わせていただいてもよろしいですか？
※ご使用させて頂く場合は、文章を省略・編集させて頂くことがございます。
（実名で可・匿名で可・不可）

●ご協力ありがとうございました。今後の参考にさせていただきます。

郵 便 は が き

1 5 0 8 7 0 1

料金受取人払郵便

渋谷局承認

9400

0 3 9

差出有効期間
平成30年10月
14日まで

東京都渋谷区恵比寿4−20−3
恵比寿ガーデンプレイスタワー5F
恵比寿ガーデンプレイス郵便局
私書箱第5057号

株式会社アルファポリス
編集部 行

お名前
ご住所 〒　　TEL

※ご記入頂いた個人情報は上記編集部からのお知らせ及びアンケートの集計目的以外には使用いたしません。

アルファポリス http://www.alphapolis.co.jp

じと目でシュザンヌを見ると、彼女は素知らぬ顔で下がっていった。下がるといっても、私の後ろに控えているのだけど。

「まあ、いくつか伝えることはあるが、最初は命食らいのことだろう。クリストフに事の顛末《てんまつ》を聞いて、父上も俺も心底驚いた。まさか、お前が命食らいを収束させるとはな」

「ご納得いただけたのでしょうか？　今まで治療できなかったものを治療したなどと、信じてもらえないかもしれないと思ったのですが……」

不安になりながら私がそう言うと、クロード殿下は自信ありげに髪を掻き上げた。

「その点は大丈夫だ。生き証人のクリストフがいるからな。すぐさま、治癒《ちゆ》術師や学者に隅から隅まで検査されて、健康だと証明されたし。命食らいだったかどうかは、クリストフの証言やお前が書いた報告書に記されていたことから判断して、間違いなさそうだ。ちゃんと、お前が意図した通りに受け止めているよ、父上は」

「よかった」

私はほっと胸を撫《な》で下ろす。

もちろん、ボロボロだった私に報告書など書ける訳がなく、シュザンヌとドニに書いてもらったのだけど。二人はほんと有能だ。もうすこし、私に甘くなってくれたら最高なのにね。

「いつも冷静なパトリスも、口を開けて呆けていたぞ。『自分の娘ながら信じられない』ってな。あんなに驚いたパトリスを見たのは初めてだ。笑わせてもらったよ」

「もう、お父様ったら。何をやっているのかしら。常に冷静でいなければならないと、いつも言うくせに」

「それだけ驚きが強かったってことだろ。……と、そういえば、クリストフ。あの書類はあるか？」

「はい、ここに」

そっと差し出された書類には、検査結果と書かれている。

私はすぐにその書類を受け取り、目を通す。そこには、思った通りの結果が記されていた。

「やっぱり、あの虫が命食らいの正体だったのね」

「そのようだ。お前が潰したあの虫を王都に持って帰って検査したら、かなり毒性の高い体液が検出されたらしい。それをネズミに使ってみたところ、命食らい特有の症状が出たみたいだな。あの虫は王都の近くにも生息していて、一定の周期で訪れる排卵期に卵を産むことがわかった。その時に排出される体液が、人間にとってすさまじい毒素になるようだ」

改めて虫が原因だとわかると、顔が引きつってしまう。

「それで、被害が広がる理由なんだが、幼虫と卵にあるそうだ。卵も幼虫もとても小さくて、風に乗って移動をする。それらの表面には毒素が残ってて、人間が呑み込んだりすると、命食らいの症状が出るらしい。そういう訳で、人里で卵が産まれたら、すぐさま広がるようだ」

「そうだったのね。正直……気持ち悪い」

私は身震いして、書類を机に置いた。

クロード殿下は頷き、言葉を続ける。

「お前が見つけたのは成虫で、卵を産んだやつだったみたいだな。どんな経緯で村人の体内に入ったのかはわからんが、産卵直後に入り込んだのだろう。体に少し体液がついていたせいで、村人は倒れた。体内で毒素を排出された訳じゃなかったことが救いだな」

「不幸中の幸いでしたね」

「本当にな。これらの結果から、山に入る時やその虫がいそうなところに行く時は、お前がやっていたように布で口元を覆《おお》うことが一番の予防になるってことだ。その対策に対しても、父上は感心していた。さすがはレティシアだな」

「やめてよ、ほんと」

クロード殿下の賞賛を、私は素直に喜べなかった。

褒められると、ついあの村での光景が蘇《よみがえ》ってしまう。村人総祈り、総平伏という、かなりシュールな光景が。思い出すだけで背筋が寒くなる。うん、やめよ。考えるの、やめよ。

そこで、クリストフ様が口を開く。

「普段はあまり人里に来ない虫みたいですけどね。あの時倒れたのは、私を含めみんな、獣《けもの》の討伐《とうばつ》に赴《おもむ》いた者だったようです。おそらく、卵を産んだところに居合わせたのでしょう。恐ろしいことです」

「でも助かってよかったです。獣《けもの》討伐の後にお話ししたいと思っていたのですが……クリストフ様の実力はしかと拝見しました。こんな田舎《いなか》の領地のしがない令嬢ですが、護衛していただけるなら助かります。これからよろしくお願いしますね、クリストフ様」

私達がほほ笑み合っていると、クロード殿下は不機嫌そうにクリストフ様を肘で小突いた。

「ほら、早くしろクリストフ」

「は、わかっております」

ん？　何事だ？

すると突然、クリストフ様は立ち上がり、私が座っているソファの横に立った。

こうしてみると、やっぱり大きいなぁ。一見すると怖そうに見えるクリストフ様の無表情も、慣れればなんてことはない。きっと職務に忠実な人なのだろう。感情をコントロールすることに長《た》けているのかもしれない。

私がそんなことをのんきに考えていると、彼はその場に跪《ひざまず》いた。

「レティシア嬢。このランヴァン伯爵家長男、クリストフ・ランヴァンは、あなたに対して常に誠実であり、あなたを守り、あなたに仇《あだ》なす者を遠ざけ、あなたの行く末に、すべての忠義をもって仕《つか》えることをここに誓います。私にとってあなたの剣となること、あなたに認めてもらうことが最大の誉《ほまれ》」

彼はそう言って、腰に下げていた剣を私に捧《ささ》げる。これは、忠義の誓いだ。

私は、その言葉が意味することに、本気の本気でびびっていた！

だって忠義の誓いは、騎士が一生その身を捧《ささ》げるためのものなのだ。

なんで⁉　どうしてここで忠義の誓いをやるの⁉　しかも、なんで私に⁉　どういうことよ！

咄嗟《とっさ》に私がクロード殿下を見ると、殿下も驚いたように目を見開いていた。おそらく、殿下も同じ気持ちだったに違いない。

忠義の誓い。それは、心から自分の人生を相手に捧《ささ》げる決意をした者だけが行《おこな》うとされている。かつては、騎士ならばみんながやっていたものらしいが、最近は違う。それこそ、陛下や王家に対してとか、そういった形ではやることがあるけど、個人に対してやるものではないと聞く。もちろん、やってはいけないということはないものの、人生をかけて忠義を尽くす相手などそう現れるものではない。

それを、目の前のクリストフ様が私に向かってやっている。なんでか、この私に！

私が戸惑っていると、クリストフ様は自《みずか》ら剣を鞘《さや》から抜き、私に柄《つか》を差し出してくる。これを受け取ることは、誓いの合意を意味するのだ。

なんだ、この強引さは。

私は剣の持ち手をじっと見つめる。クリストフ様はすこしだけ表情を緩め、穏やかな低い声を紡《つむ》ぎだす。

「レティシア嬢――いえ、レティシア様。どうか、お願いできないでしょうか？」

「いきなりそんなことを言われても……。その――」

私が殿下に助けを求めようとするも、クリストフ様は間髪《かんはつ》を容《い》れず言葉をはさむ。

「レティシア様。私は、尊敬できる父を持ち、自然と騎士になることを目指しておりました。実際に騎士になってからは、やりがいを感じる仕事もありましたが、それだけでは足りなかったのです。こうしてレティシア様と出会えたことは、運命だと思っております。体が冷たくなり、息もできず全身に悪寒《おかん》が走り……意識が薄れゆく中、レティシア様の声が聞こえました――領民を救えずして、何が領主の娘ですか！　こうなったら絶対に助けてやるんだから！　と」

十日前の私の言葉を繰り返され、閉口する。

「自分も死にかねないあの状況でそのような言葉を言えるレティシア様の心の強さに、清廉《せいれん》さに、私の心は打たれてしまったのです！」

クリストフ様は、突然興奮したように声を張り上げた。彼の右手は強く握りしめられている。

「そんなレティシア様がどのように生きていくのか、何を成《な》すのか。それを、おそばで見守っていきたいと、自然とそう思ったのです。私に生きたいという希望を与えてくださいました。生きる道を、信念を、抜け落ちていたはずの未来を、レティシア様は与えてくれたのです」

熱のこもった視線でそう言われ、顔が熱くなる。おそらく、私の顔は真っ赤になっているだろう。

私の向かいに座るクロード殿下は、ムッとした表情でそっぽを向いていた。

「国でさえ、命食らいに抗《あらが》う術《すべ》を持たない中、レティシア様はやすやすとそれを撥《は》ねのけた。それだけのことを成《な》した方に、人生を捧《ささ》げられるのだとしたら、それこそ幸せなことでしょう。お願いです、レティシア様。どうか、剣を取ってください」

クリストフ様は、じっと私の目を見つめてくる。その視線が逸《そ》らされることはない。彼の本気を感じる。

私はすこしためらった後、口を開いた。

「よろしいのですか？　私はまだ貴族院を出たばかりで、なんの取り柄もない娘でございます。宰相の父がおりますが、私自身はほとんど力を持ちません」

「そんなあなたをお守りしたいのです」

「私の望みが、自分の利益しか考えないような道であっても？」

「レティシア様の望みこそ、私の望みでございます。命食らいから救ってもらったあの時、私の心をも救ってくれたのです。その御恩を返したい」

クリストフ様の決意は揺るがないらしい。困った私はクロード殿下に助けを求める。

「はぁ……えっと、クロード殿下、どうしましょう？」

「クリストフにここまで言わせたんだ。お前が決めるがいい」

「そうですわよね……」

うーん。どうしようか。

忠義を受けるということは、私が彼の人生に責任を持つということに他ならない。互いに軽くないこの誓い。受けるべきか、受けざるべきか。

まあ、正直これってやる流れだよね。

クリストフ様は悪い人じゃない。何より、この雰囲気で断ることが面倒だし。一応、返答は貴族院で習ってるから問題なし。

私は、クリストフ様の熱い視線を真正面から受け止めると、差し出された柄《つか》を見る。手の跡がつくほど使い込まれているこの剣には、どれほどの思いが詰まっているのだろうか。剣に生きてきた者の剣を——生きてきた証《あかし》を、今、私は受け取った。そして、返答を口にする。

「そなたの忠義しかと受け取った。これから、その身のすべてを私のために尽くしなさい」

「はっ」

騎士の誓いが終わり、クリストフ様が顔を上げる。すると、先ほどよりもやや赤みがかった顔色をしていた。心なしか嬉しそう……なのか？

私はおずおずと彼に声をかける。

「……あの、クリストフ様。本当によかったのですか？　忠義の誓いをしてしまって」

「クリストフでございます」

「え？」

「私はあなたの騎士。敬称など必要ありません」

「え、その、えっと、クリストフ様？」

「クリストフです」

まっすぐ私を見つめるクリストフ様の目からは、絶対曲げないという鉄の意志を感じる。これまた面倒なので、しかたなく受け入れることにする。

「はい。では、よろしくお願いしますね、クリストフ」

「はっ！」

今度こそ、明らかに嬉しそうにほほ笑むクリストフ様――改めクリストフ。彼はすばやく立ち上がると、今度は私の後ろに立ち位置を変えた。

歩く姿まで何やらウキウキしているように見えるのは、気のせいだろうか。そして、私の後ろに立っているだけで満足げな気までする。

前世の私が言っている。彼の後ろに尻尾の幻《まぼろし》が見えると。

そんなクリストフに、クロード殿下はなんだか不満そうだ。

「おい、クリストフ。本当にいいのか？　その、忠義の誓いは取り消せるものではないし、もし反故《ほご》にしようものなら死罪だぞ？」

げっ、反故《ほご》にしたら死罪⁉　そんなことまでは聞いていない！

ぎょっとする私をよそに、クリストフは大きく頷《うなず》く。

「心得ております」

「はぁ……まあいい。それとな。クリストフをお前につけるよう尽力したのは、俺だからな。わかってるか？　レティシア」

「はいはい。もう、疲れたからなんでもいいわよ。そんなことよりもさ……せっかくの忠義の誓いだったんだし……」

私の砕けた口調に、殿下とクリストフ、シュザンヌが揃って目を丸くする。

「「「だし？」」」

「みんなで乾杯といかない？」

「「「はぁ⁉」」」

三人が茫然《ぼうぜん》とする中、私は応接間のチェストからワインとグラスを出し、さくさくと乾杯の準備をする。

「ほら、命食らいも解決して、こうして私にも騎士がついて、お祝いにはちょうどいいでしょ？」

「まあ、そうだが……まだ夕方だぞ？」

咎《とが》めるような口調の殿下に、私は豪快に応じる。

「そんなのは気にしない、気にしない！　それとも、こんな量で酔うほど、殿下はお酒に弱いのかしら？」

「そんな訳ないだろう！　まあ、お前がどうしてもって言うなら、付き合ってやるか」

私は内心、『やった！』と小躍《おど》りする。しかし表向きは落ち着いた様子で、クリストフにグラスを差し出した。

「ほら、クリストフも」

「いや、しかし」

「主《あるじ》の初めての命令です。聞いてくれるかしら？」

「はっ」

そう言うと、嬉しそうにグラスを受け取るクリストフ。なんか、急にクリストフが護衛になったことに不安を感じたのだけど、まあいい。さて、あとは私の大事な侍女だ。

「ほら、シュザンヌ」

「私は仕事中です。お付き合いできる訳がないでしょう？」

「お願い。あの時、一緒にいたシュザンヌとも、乾杯したいの。ちゃんと言うことも聞くし、これだけだから」

私があざとさ全開のうるうるした瞳で見つめると、シュザンヌも陥落《かんらく》した。

本当に、私のこの整った顔はチートと言っても過言ではない。

「では、一杯だけですよ？」

「うん！　じゃあ、みんないい？　命食らいの原因究明と、クリストフの騎士着任を祝って——」

——乾杯。

この一杯は、転生してから、一番おいしいお酒となった。

第四章　婚約破棄の行方《ゆくえ》

「なんだか久しぶりって感じがしないな。全然変わってない」

私が馬車の窓から王都の城壁を見上げて呟《つぶや》くと、横にいるシュザンヌが間髪《かんはつ》を容《い》れずつっこんでくる。

「それはそうでしょう。まだ、王都を離れて一月《ひとつき》半程度しか経っていないのですから」

「すこしくらい感傷に浸《ひた》る真似をさせてくれたっていいじゃない。でも、こんなに早くこっちに来るなんて思ってなかったな。正直、移動がつらい、めんどい、もうしたくない」

私がぶーたれていると、シュザンヌは片手で顔を覆《おお》う。

「陛下の前ではそのような態度は慎《つつし》んでくださいね。ただでさえ、最近のレティシア様は少々礼儀に欠けたところがありますから」

「わかってるわよ。さすがの私も、そのあたりはわきまえるわ」

なぜ私達が王都にいるか。その答えは、先日もらった陛下からの手紙にある。

そこには、仰々《ぎょうぎょう》しい文面で『命食らいのことで聞きたいことがある。ぜひ王城まで来てくれ』という内容が書かれていた。正直行きたくなかったけれど、陛下の召集を断るなんて、それこそ不敬罪にあたる。

という訳で、屋敷の執務をドニに押しつけて、私とシュザンヌとクリストフは王都に赴《おもむ》いていた。

もし、私が提示した命食らいの仮説が正しければ、国を襲う脅威を一つ消したことになる。

そのこと自体は、それなりの功績だろう。けど、前世の私の感覚からすると、いわゆる感染症対策さえ行《おこな》っていれば防げることだ。大したことではない。

そんなことを考えながらあたりを見回していると、王都の裏通りには孤児の姿があった。公衆衛生もよいとは言えない。

貧困から孤児が生まれ、増えていくことで、街外れにスラムが出来上がる。衛生状況の悪化に伴《ともな》い、疫病《えきびょう》などの温床になり、やがて街全体へと広がっていく。その広がりは、人の命を奪い、生産性を低下させる。そうなると、また貧困に苦しむ人が増えるのだ。

この悪循環をどうにかしないと、正直言って、この国に未来はない。

内乱を防いでも、人の力がなければ国の衰退《すいたい》は免《まぬか》れない。

これをどうにかしないといけないのか。クロード殿下との約束が、改めて私の肩にのしかかってくる。

「……様。レティシア様、着きましたよ？」

クリストフの声で、私はハッとする。

「へ!?　え？　ああ、着いたのね。ありがとう、クリストフ」

ついつい考えこんでしまった。

外から手を伸ばしてくれるクリストフの助けを受け、私は馬車を降りた。うん、みっともないところは見られていないよね？

「では、まいりましょう。道案内は私にお任せください」

「ええ、わかったわ」

クリストフに続いて、私とシュザンヌが歩く。

貴族院在学中は王都に住んでいたが、王城に来ることなどめったにない。正直、ディオン殿下との婚約を結ぶ時と、貴族院のパーティーで来たくらいだ。それ以外は縁のない場所。すこしだけ緊張してしまう。

深呼吸して気合いを入れると、半歩先を行くクリストフが小さく笑った。

「あら？　何かありましたか？」

「いえ。あれだけ豪胆《ごうたん》なレティシア様でも、緊張なさるのかと。そのような姿を見ていると、やや外見よりも幼く見えると思い、つい」

「あら、クリストフ。淑女《しゅくじょ》に幼いなどと、あまり言うべきではありませんよ？　でも、緊張しているのは確かです。期待を裏切ったのなら謝ります」

「そんなことは……巷《ちまた》で言われるほど完璧でしたら、それこそ面白みがないではありませんか」

「まったく、クリストフは……面白いなんて、嬉しくありませんわ」

「おや、これは失礼」

彼はうやうやしく謝る仕草をするが、顔は笑っている。

ふんっ。そうやってからかってると、いつか後悔するんだから。

つんと澄ましてクリストフを追い抜いた途端、後ろから声をかけられた。

「そちらではありません。こっちです」

「――っ!? わかっております」

できるだけ平静を装《よそお》ったが、クリストフもシュザンヌも声を殺して笑っていた。

あぁ、ただでさえシュザンヌに敵《かな》わないのに、クリストフまで加わったら、どうしたらいいのだろうか。

と、そんなコントみたいなやりとりをしていると、いつのまにか謁見《えっけん》の間《ま》の前にいた。

思ったよりも緊張していない。さっき、二人にからかわれたせいかな?

そこで、あのやりとりは二人の気遣いなのだと悟《さと》る。やっぱり敵《かな》わないな。

その時、謁見《えっけん》の間《ま》の中から誰かが出てきた。その人物に付き従っていた一人の衛兵が、こちらに近づいてきて敬礼をする。

「では、次でございます。名前を呼ばれたら扉を開けますので、中に入ってください」

その言葉を聞いて、私はモードを切り替えた。油断しまくりの普段から、淑女《しゅくじょ》モードへ変更だ。

しばらくして名を呼ばれ、扉がゆっくりと開かれる。

「じゃあ、行くわよ、シュザンヌ、クリストフ」

「はい」

二人の短い返事に後押しされて、私は一歩踏み出した。

細かな細工が施《ほどこ》された大きな扉をくぐると、そこには赤い絨毯《じゅうたん》がまっすぐ敷かれていた。絨毯《じゅうたん》の先には、短い階段があり、その一番高いところにある人物が座っていた。陛下である。

陛下は、とても大きな玉座に座って、こちらをじっと見据《みす》えていた。

私はその視線に負けないよう背筋を伸ばして近づいていく。そして、玉座からすこし離れたところで跪《ひざまず》いた。当然、シュザンヌもクリストフも同様だ。

頭を下げているのをいいことに、私は小さく息を吐く。陛下の姿を見て、とても安心した。倒れていた時とは違い、高齢ながらもしっかりとした顔つきで元気そうだ。

陛下の横には、どことなく不機嫌そうな顔のお父様もいた。きっと、私が粗相《そそう》をしないか心配なんだろう。大丈夫だって。これでも、貴族院では優秀な成績だったんだから。

だけど、謁見《えっけん》の間《ま》にいるのは、陛下とお父様、それに数人の護衛だけ。普通はもっとたくさんの人がいるはずなのに、どうしたんだろう？

そう疑問に思っていると、頭の上で声が響いた。陛下の声だ。

「よくぞまいった、レティシア・シャリエール。普段からパトリスには支えられている。お前のこともよく話に聞くぞ」

「もったいないお言葉。こちらこそ、こうしてお会いできて光栄にございます。陛下」

「ははは、そう固くならなくともよい。面《おもて》を上げよ。今、ここには必要最低限の者しか置いておらん。普段通り話せばよい」

人払いをしてくれていたのか？　でもどうして――

思わず首を傾《かし》げそうになったけど、寸前のところで耐える。というのも、『普段通り話すなよ』

というメッセージを視線で送ってくる、怖い顔をしたお父様《おじさん》が、こっちを見ていたからだ。

「お心遣い、大変嬉しく思います。改めまして、シャリエール公爵の長女、レティシア・シャリエールでございます。平素より父が懇意《こんい》にしていただき、感謝しております」

「おい、パトリス。どうだ？　娘にこう言われると、なかなかむず痒《がゆ》いものがあるだろう？」

パトリスとはお父様の名だ。父様をからかうような表情の陛下は、どことなくクロード殿下と重なった。うん、やっぱり親子なんだな。陛下は金髪だから、髪の色はまったく違うけど。

「お戯《たわむ》れを。それよりも、早く本題に入られてはいかがでしょうか」

陛下に対して、お父様の反応は素っ気ない。

「そうだな、時間もないことだし、急ごう。まずは一つ目だな……レティシア嬢。卒業パーティーでわしの命を救ってくれたそうだな。あの場で死ぬ訳にはいかなかった。心から礼を言おう」

「もったいなきお言葉、大変嬉しく思います」

「加えて、命食らいの原因究明と予防法の開発。これは、改めて国の研究者によって証明された。治療法については、再現できていないが、そなたは成功したと聞く。大義であった。王として、礼を言おう。これで、この先多くの命が救われるだろう」

「私としても、多くの命が救われるのは本望でございます。陛下をお助けできたのなら、幸いでございます」

私は再び頭を下げる。

こうやって改めて褒めてもらえるのは、なんだか嬉しいものだな。お父様がいる手前、気恥ずかしくもあるけど。

「して、これらのことについて褒美を考えているのだが、何か希望はあるか？　パトリスからは、金銭と名誉勲章《くんしょう》でお茶を濁《にご》せと言われているがな」

「陛下。余計なことは言わなくてよいでしょう。それで、レティシア。希望はあるのか？　あるなら申し上げるといい。大抵のことは、陛下は聞き入れてくださるだろう」

金銭と名誉勲章《くんしょう》か……。それだけなら、もらって終わりであと腐《くさ》れはない。

でも、私は勲章《くんしょう》をもらってもしょうがないかな？　それを見せびらかす趣味もなければ、勲章《くんしょう》の数で誰かの上に立ちたいという野望もない。それこそ、お金のほうが使い道があって便利だろう。

うーん、悩むけど……

「陛下。恐れながら申し上げます。どのような願いでもよろしいのでしょうか？」

「それがわしにできることならな。して、どのような願いなのだ？」

「はい……私の願いは――ディオン殿下との婚約の解消を認めていただくことでございます」

そう言った瞬間に、先ほどまでの柔らかい空気は霧散《むさん》し、ぴしりと音が鳴りそうなほど冷たい空気が漂《ただよ》った。陛下やお父様の表情からもわかる。この話は地雷なのだろう。

「うむ……婚約の解消を認めろとな？　それは本心からの願いか？　それとも、罪滅《つみほろ》ぼしのつもりかの」

うえー。声、低っ！　こわっ！　やっぱり、陛下みたいな人が静かに怒ると、怖すぎる！

言わなければよかったとちょっと後悔してるが、それは仕方ない。この希望を通さなきゃ、私の未来は真っ暗だ。ここが踏ん張り時だろう。

「いえ。この国にとって必要なことだから、と申しましょうか。もし、命食らいの件で褒美をいただけるのでしたら、お聞き入れいただければと思います」

「婚約解消を認めるということは、そなたの罪を認めると言っているのと同じ。それをわかって言っているのか？」

「はい。私の不徳の致すところでございます」

「むぅ……」

陛下はそれきり黙って、何かを考え込んでいるようだ。

そのまま、沈黙が謁見《えっけん》の間《ま》を支配した。

空気は次第に重くなっていく。私はそろそろ限界だ。

何が限界って、足よ、足。

跪《ひざまず》く姿勢って意外に足が痺《しび》れるから、困ったものだ。どうにか足の位置を変えられないか試行錯誤《しこうさく ご》していると、唐突に後ろの扉が開いた。

「面白いことをやってるじゃないか。俺らも交ぜてくれると嬉しいのだがな、父上」

振り向いたら、そこにはクロード殿下とディオン殿下が二人並んで立っていた。

「ディオンにクロード。どうしたのだ！　今は謁見《えっけん》中だ。出ていけ」

二人を見て、すかさず陛下が叫ぶ。だが、クロード殿下はそれに動じないばかりか、ずかずかと中に入ってくる。彼はいつもの自信満々な態度で近づいてくると、私を見下ろして口を開いた。

「この場はちょっと助け船が必要かなと思ってね。どうせ、レティシアが婚約解消を認めろとか言い出したんだろ？　父上とパトリスは、それを認めたくない。膠着《こうちゃく》状態ってこと。どう？　違うか？　父上」

的《まと》を射た言葉に、私だけでなく、陛下や父上も驚いている。っていうか、この場にいなかったのにどうしてわかるんだ。クロード殿下、怖い。

驚きで固まっている陛下達をよそに、遅れて近づいてきたのはディオン殿下だ。こうして二人を見ると、白王子、黒王子って言葉がどうしても浮かんでくる。うん……少女漫画に出てきそう。

「クロードに言われて来てみれば、まさかこんなことになっているとは……。なぜレティシアが婚約の解消を望むのかはわからないが、俺にとっても早くはっきりさせたいことだ。父上やレティシアには悪いが、こうして邪魔させてもらった」

「そなたらはまったく……」

思わぬことに、私もびっくりしている。

クロード殿下は、先日話した通り婚約解消に賛成しているはずだし、ディオン殿下は言わずもがなだ。ディオン殿下と同じ結果を目指すなんて、すこし変な感じだけど。

「おそらく、レティシアは本当のことを言わないだろうし、ここから先は俺が説明しようか」

クロード殿下の言葉に、陛下とお父様がくわっと目を見開いた。

「本当のことじゃと？」

「レティシアが嘘をついていると言うのか？」

いや、嘘なんてついてないから！　クロード殿下も、言い方が紛らわしいんだよ！

殿下は手を横に振り、説明する。

「いやいや、そういう訳じゃない。レティシアは嘘は言っていない。アンナ嬢をいじめたことは本当だし、それは俺も調べてわかってる。けど、全部を語っている訳でもない。まあ、それは父上やパトリスをおもんぱかってのことだ。あまり責めないでやってくれ」

「どういうことだ、クロード。そして、なぜお前がそれを知っている。俺でも知らないというのに」

やや苛立《いらだ》った様子のディオン殿下に、クロード殿下は不敵な笑みを浮かべた。

「なんで自分が知っていて当然と兄貴が思っているのか、俺はわからないね。兄貴は自分から捨てたんだよ。幸運の女神を、な」

クロード殿下はディオン殿下をひと睨《にら》みすると、全員を見渡せる位置に移動した。

そして、両手を広げて声を張る。

「ここにいる全員が驚愕《きょうがく》することになるよ。同時に、跪《ひざまず》くのさ。自分の滑稽《こっけい》さと愚《おろ》かさにな」

クロード殿下は、私をじっと見つめると、視線で語りかけてきた。『話してもいいだろう？』と問いかけてくる視線を受け、私は首を横には振れない。陛下やディオン殿下を煽《あお》るだけ煽《あお》って、何も言わないなんて、そうは問屋が卸《おろ》さないとわかっている。

私が仕方なく頷《うなず》くと、クロード殿下はにやりと口角を上げ、すぐさま話をはじめた。

「まず、父上やパトリスも勘違いしていることだが……あの婚約破棄はレティシアが仕組んだことだ」

クロード殿下の言葉に、陛下は立ち上がりそうになり、腰をわずかに浮かせた。お父様は目をくわっと見開き、小さくこぼす。

「何？」

「なんだとぉ!?」

ディオン殿下に至っては、驚きすぎて大声を張り上げた。

動揺したお父様は、どもりながらクロード殿下に尋ねる。

「そ、それは本当なのですか？　クロード殿下」

「ああ。全部調べたからな。レティシアがアンナ嬢にやったいじめのことや、そのいじめの事後処理も含めて、すべて彼女が考え、実行したことだ」

「まさか……そんな」

クロード殿下はそのまま、私がやったいじめの詳細、それに対するフォローなどなど、事細かに説明していく。

自分で仕組んだことなのに、種明かしをされると気恥ずかしいのはなぜだろうか。

「その理由が重要だからな……シャリエール家以外の公爵……つまり三つの公爵家は数年前から、秘密裏にいろいろなものを集めている。それは食料、武具、人材など多岐にわたる。そしていずれも派閥に属する貴族達を見ると購入量が上がっていた。彼女はそれに気がつき、自分が、兄貴と結婚してはならないという結論に達した」

そこまで聞いて、お父様と陛下は青ざめた。

「食料や武具や人材……」

「まさか、クロード――」

「はい。公爵達は間違いなく内乱を企《くわだ》てている。レティシアはそれを阻止するため、兄貴との婚約を解消しようと画策《かくさく》したのです」

謁見《えっけん》の間《ま》に広がる静寂《せいじゃく》。

うん、混乱するよね。私だって、内乱の可能性に気がついた時は驚いた。

すると、ディオン殿下はいきなり声を上げた。

「う……嘘だ！　レティシアは内乱を阻止するために、俺に婚約を破棄させようとしたのか⁉　そんなこと、できるはずがない！　俺の姿を見るとすぐに悪態をつき、眉を吊り上げていた、あのレティシアが！　アンナを泣かせ、彼女をあざ笑っていた冷酷なレティシアが、まさか――そんな！」

ディオン殿下の叫びに応《こた》える者はいない。

いや、応《こた》えてもいいけど……どうせ私の話なんて聞かないだろうしね。うん、放っておこう。

陛下とお父様は、「まさか……そんなことが」と呟《つぶや》いている。クロード殿下はなぜか胸を張った。

「俺がレティシアに直接聞きに行き、証拠を並べてやったら、認めました。彼女は『いずれ国が滅《ほろ》びるとしても、いま流される血が少ないほうがいい』と言って」

「情けない……我々がまったく気付かなかったとはな」

お父様は肩を落とし、そして穏やかにほほ笑んだ。その心中《しんちゅう》はとても複雑なのだろう。嬉しいのか寂しいのかよくわからない表情を浮かべていた。

クロード殿下は、話し終えるとこちらに視線を向けてくる。

え？　ここで私なの？　なにその無茶ぶり！

むっとした顔を向けるも、すぐに顔をそらされてしまった。

まあ、婚約を解消してほしいのは私だし、仕方ないか。なんか気まずいけど……

「陛下、お父様、ディオン殿下……。今クロード殿下がおっしゃったことはおおむねその通りです。私は、この国で内乱が起こることを避けたいと思いました。そして、自分自身の幸せを願ってしまったのです。血が流れず平穏な毎日。私が望むのは、それだけでございます」

私は深々と頭を下げて、そのまま話を続ける。

「独断で事を運んでしまい、申し訳ありませんでした。そして、ディオン殿下。私は、ずっとディオン殿下を支えていきたいと思っておりました。しかし、私では力不足だったのでございます。殿下をお支えできず、こうした事態になったこと、お詫《わ》び申し上げます」

頭を下げ続けていると、おもむろに陛下が口を開いた。

「ずっと、息子を支えようと努力してくれていたのだな、レティシア嬢よ」

「しかし、それは難しかったのです、陛下。ひとえに、私の力不足にございます」

「いや、その真意に気づかなかった息子とわしが愚《おろ》かだった……。そなたの尽力、しかと受け止めているぞ」

「畏《おそ》れ多いことにございます。これからも、国のために邁進《まいしん》いたしますので、どうぞよろしくお願いいたします」

私が顔を上げると、陛下は今度はディオン殿下に視線を向ける。ディオン殿下は何やらうろたえていた。

「父上……父上が俺とレティシアの婚約解消を認めようとしなかったのは、俺に不安があったからなのですか？　俺が王位を継いだ際、レティシアがいないとこの国を治められないと――」

「ああ。お前は偏《かたよ》った価値観で物事を判断するところがある。それに、いくら言っても他人の意見を聞き入れない。お前の知性も正義感も王にふさわしいが、独断と偏見で政治を行《おこな》う王に、民《たみ》はついてこないだろう。だから、レティシアのフォローが不可欠だと考えていた」

「そんな……」

「お前は、まず自分の至らなさを自覚することからはじめるとよい。そうしなければ、お前が王になった後、この国は衰退《すいたい》してしまう」

陛下から突き付けられた言葉を受け止めきれないのか、ディオン殿下は焦点が定まらないまま、何やらぶつぶつと呟《つぶや》いている。そして、がくりと膝を折り、頭を抱えてしまった。

ディオン殿下もようやく気付いてくれたのかな。そう思うと、このやりとりも無駄じゃなかったのだろう。

国王陛下は息子の様子にため息をつくと、あらためて私に目を向けた。

「レティシア嬢よ……そなたの尽力については、感謝しておる。やはり褒美を与えるにふさわしい。だが、婚約解消を認めるのは、もうすこし待ってくれんか？　わしも心の整理をする時間が欲しいのだ。……待って、くれるか？」

「はい。そのような過分な評価、身に余る光栄でございます。陛下が私を認めてくださったこと、大変嬉しく思います」

「下がってよいぞ。また、追って連絡をしよう」

その言葉で謁見《えっけん》は終わった。

帰る時、足が痺《しび》れすぎて、クリストフに支えてもらわなければ立てなかったのは、余談である。


とりあえず、陛下からの褒美は保留となり、私は王都に用がなくなった。さっそく我《わ》が領地に帰るところなのだが、出発が遅れている。理由は、これでもかと馬車に積んだ荷物のせいである。

荷物を眺め、シュザンヌは呆れた顔をする。

「本当にこれをすべて持って帰るのですか？」

「あら？　何かお困りですか？　シュザンヌ」

「お困りも何も……。これじゃあ、さすがの馬も引くのを嫌がりますよ。これでもかとドライフルーツやお酒を買い込んで。こんなにどうするつもりですか？　もしかして、全部自分で飲むつもりじゃないですよね？」

王都を出る前にそう指摘され、ぎくりとする。

しかし私は澄ました顔で、シュザンヌに強気な態度を取る。

「まあ、私が強欲だと言いたいの？　もしシュザンヌがどうしても荷を軽くしたいのでしたら、それらは別邸に置いておきましょうか。そう、どうしてもと言うならね」

「はい。なら、どうしても荷を軽くしたいので、全部置いていきましょう。奥様達が喜んでお召し上がりに――」

「いや！　ごめんなさい！　全部自分で飲むつもりでした！　お願いだから、全部は置いていかないで！　私の分をすこし残しておいて！」

容赦のないシュザンヌに、必死で懇願《こんがん》する私。

淑女《しゅくじょ》としてはさぞや無様な姿だと思うが、仕方のないことだろう。

それにしてもシュザンヌってば、わかってるのに全部置いていくって言うなんて。いじわる。

そんな私の醜態《しゅうたい》を見たシュザンヌは、大きなため息とともに、荷を下ろすよう御者《ぎょしゃ》に命じた。

「馬の負担にならない程度まで、荷を減らしてくださいませ。そして可能な限り、積んでいきましょうか」

「ほんとに⁉　ありがとう！　シュザンヌ！　素敵！」

「ホントに、調子がいいんですから。ほら、お嬢様。早く領地に帰らないと、ドニが過労死してしまいますよ」

「そうね。ドニなら私よりもうまくできそうだから、大丈夫だと思うけど。まあ、やっぱり本宅でのんびりするのが一番だからね。早く帰りたいわ」

その後、かなりの量の荷を減らしたいシュザンヌと、すこしでも荷を残したい私とで攻防が繰り広げられるのだが、その勝敗はあえて語らないことにする。

クリストフが取り成《な》してくれたおかげで、大事には至らなかったとだけ言っておこう。

◆

そうして、ゆっくり帰ること三日。ようやく私は本宅に帰ってきた。

そこではドニと……なぜだか山のような書類が私を迎えてくれた。目が潤《うる》んで前が見えなかった。

嬉しかったからだよ？　悲しかったからでは、断じてないよ。

そういうわけで、私は、ダイエットと執務の日常へと戻ったのだ。

それからすぐに、私は積み上がっている書類の中に、気になるものを見つけた。

「えっと……領主様のご令嬢への謁見《えっけん》きぼ、う？」

私が執務室で呟《つぶや》くと、ドニが嬉しそうに私に近づいてきた。

「ああ、それですか。どうしますか？　お会いになりますか？」

「別に会わない理由はないんだけど……どうして私？　普通、領主であるお父様に直訴《じきそ》したいっていうものなんじゃないの？」

「何をおっしゃいますか。よく見てください。村の名前を……」

「えっと、あ、この村ってもしかして」

私はパッと顔を上げる。すると、ドニがやけに嬉しそうに満面の笑みを浮かべていた。

「そう、お嬢様が命食らいから救った村でございます」

謁見《えっけん》希望の書類を見てから数日後。私は命食らいが発生した村――フルネ村に向かうため、馬車に乗っていた。すこしばかり気が重いのは、やはり最後に見た光景が記憶に色濃く残っているからだ。

「なんだか、最後の光景を思い出すと、すこし気後《きおく》れしちゃうっていうか、なんていうか……」

その光景とは、フルネ村の村人全員が、ひれ伏しながら『女神様』と呼んでいたあれだ。最早《もはや》、私の中ではホラーと化しており、思い出すだけで身震いするほどである。

だって、考えてみてよ？　会って間もない人達から、患者の治療をしただけで女神扱いされるんだよ⁉　そりゃ、命食らいは確かに脅威で、命を救った私に感謝するのはわかる。けど、それでも平伏に女神って。

前世にいた神の手を持つと言われる外科医でも、そんなのされたことないでしょうよ！

こうして村に近づくにつれ、気の重さはどんどん増している。

そして、同じくらいやっかいなことがある。それは、この訪問の同伴者にあった。

「ふぅん。俺はその光景を見てないけど、どんな感じだったんだ？　クリストフ」

「えぇ……あの光景は、今思い出しても素晴らしいものです。命を削りながら村人を助けるレティシア様と、そのレティシア様に頭《こうべ》を垂れる村人達。光り輝くレティシア様の魔法も相まって、とても神秘的な光景でした」

クリストフは、恍惚《こうこつ》とした表情で語っている。

その横では、なぜだか自慢げなシュザンヌが言葉を継いだ。

「確かに、あの場は独特な雰囲気に満ちておりましたね。お嬢様にお仕《つか》えする身としては、とても誇らしいものでした」

「なるほどな。俺も見てみたかったなぁ……なぁ？　女神様？」

そう。なぜだか、クロード殿下が同行している。ふらりと本宅に現れたクロード殿下は、自分も一緒に行きたいと言いだしたのだ。

もちろん、女神などと呼ばれて振り向く訳にはいかない。私はただの公爵令嬢なのだから。

「って、聞いているのか？　なぁ、女神様ってば」

「どなたのことを言っているのでしょうか。もしかして幻覚でも見えているのですか？　だとしたら、それこそ治癒《ちゆ》術師の方に見てもらったほうがよろしいですよ」

不機嫌な私に、クロード殿下は困り顔だ。

「どうして不機嫌なんだ。誇らしいことだろう？　お前のやったことが認められているんだぞ。何が不満なんだ？」

「何が不満って、その呼び方です！　わかりきっていることを聞かないでください！　なんですか、女神って！　そんなのふざけてるとしか思えません。だって、私、こんなですよ？　普段はシュザンヌに怒られるくらいがさつだし、特別なんかじゃありませんから」

「そうか？　俺は特別だと思ってるぞ」

「え、それって――」

クロード殿下の不意打ちのような言葉に、私の頬が熱を持つ。

 っていうか、いきなり『特別』とか、何よ！　『特別』いじりがいがあるとか、そういう意味!?　変なことを言わないでほしい！

あたふたしていると、遠くから声が聞こえてくる。

何事かと馬車の窓から顔を出してみたら、フルネ村で見かけた村人がこちらに向かって手を振っていた。

「女神様だ！　女神様が来たぞー！　おーい！　女神様、女神様ぁー！」

おそらく自警団なのだろう。槍《やり》を持っている体格のいい男性が、嬉しそうに叫んでいる。

「女神様は大人気みたいだな」

なぜだか勝ち誇ったような笑みを浮かべるクロード殿下に、私はそっぽを向いたのだった。


「いやぁー、あの時、女神様がおられなかったら、我《わ》が村は壊滅しておりましたからな！　こうして顔を見せていただけて、本当に嬉しく思っとります！　わはは」

私達が村に着くと、村人は『さっそく宴会だ！』と騒ぎ出し、村の中央にある集会場に料理やお酒が運び込まれた。

みんな笑顔で、嬉しそうだ。私も嬉しいのだけど、いい加減、女神様と呼ぶのはやめてくれないかな？　何度お願いしても、やめてもらえない。

「あの、村長さん……さっきもお伝えしましたが、私の名前はレティシアと申しまして――」

「それにあの騎士様もすばらしい剣技でいらっしゃる！　さすがは女神様の従者ですな、わっはっは！」

「あの、その……」

最早《もはや》、何を言っても聞いていない村長に、私はため息をつくことしかできなかった。

まあ、せっかくお礼を言ってくれているのだ。どうせなら受け入れて、私も楽しんだほうがいいよね。そう思って、目の前のグラスに注《つ》がれたエールを飲み干す。口の中に広がる酸味と苦みに、思わず笑みがこぼれた。

「いい顔で飲んでるな」

後ろから声が聞こえて振り向くと、そこにはクロード殿下が立っていた。

もちろん、彼が王子だということは、村人達に明かしていない。彼は私の知り合いの貴族として歓待を受けている。クリストフは前に一緒に獣《けもの》退治をした青年達に囲まれ、楽しそうだ。一方のシュザンヌは、なぜだかいつも通り仕事をしている。今日くらいもてなしを受けたら？　って言ったんだけどな。

「クロード様こそ、酔っているのではないですか？　顔がすこし赤いですよ」

「この村の者達は気のいい連中でな。思いのほか楽しませてもらっている」

「当然です。我《わ》が領民達ですよ？」

「女神様のな」

「また、からかって……」

空を見上げると、まだ暗くはない。

私達が村に着いたのは、昼と夜のちょうど間くらい。その時間から宴会の準備を整えてくれたから、まだ日は落ちきっていなかった。

大人達だけでなく、子供達も楽しそうに走り回っているのが見える。

「実際、ここは豊かなんだな。村で開く宴会にしては、立派なものだ。普通はこんなの用意できない。それこそ、日々の食い扶持《ぶち》を確保するだけで精一杯だからな」

「はい。お父様が頑張っていますから。……それでも、貧しい者達は消えない。うちは少ないほうだけど……」

「わかってる。比較的穏やかな現在の王政でさえもそうだからな。婚約破棄が成立した後は、どうなるか……それこそ、兄貴じゃ市井《しせい》のことはわからないだろう。頭が痛い問題だな」

「市井《しせい》の生活が苦しくなればなるほど、国の力は低下しますからね。もっと国民のことを考えないと……」

「そうだな」

私は、目の前に並んでいる料理を摘《つ》まみ、今度はワインに口をつける。若さ溢《あふ》れるワインの味を楽しみながら、沈んでいく太陽を眺めた。

「俺はな……俺は、兄貴を支えようと思ってる。それは、兄貴が王になるのが一番いいって思うからなんだ」

クロード殿下は、いつもよりもあどけなさを感じる様子で話す。お酒が入っているせいか、殿下の口調は、妙に熱を帯びていた。

「自慢じゃないけど、俺は、兄貴よりも優秀だ。要領がいいから、それこそ勉強だって兄貴よりいい成績を取るのは難しくない。けど、それだけじゃ王になれないと思ってる。俺に決定的に足りないものが、兄貴にはあるんだ」

「ディオン殿下に……ですか？」

「ああ。もちろん、父上やパトリス、レティシアが懸念しているように、あの潔癖《けっぺき》具合や融通《ゆうずう》の利かなさ、視野の狭さは、王として問題があるんだろうな……。けど、兄貴の本質はそこじゃない。兄貴のあの、潔癖《けっぺき》なぐらいに悪を排除しようとする心根……清廉《せいれん》さ、高潔さって言ってもいいのかもしれない。それが俺にはない。汚いものを受け入れることをいとわない俺とは、やっぱり違うんだ」

殿下は、手に持っていたワインを飲み干すと、私と同じように夕日を見つめる。

「俺が、兄貴の欠点を補うことができれば、きっとこの国はよくなる。そう、信じているんだよ」

普段の軽い雰囲気からは想像もつかないクロード殿下が、そこにいた。

未来を語るクロード殿下の横顔を見ていると、すこしだけ胸が高鳴る。

彼は、ディオン殿下が清廉《せいれん》で自分は汚れていると語っているが、実際はどうだろう？

正直、見た目や行動は王子としてふさわしくないことが多いかもしれない。しかしその中身は、国を思い、兄を思い、民《たみ》を思う、まさに王家にふさわしい人柄だった。私より一つ年下の男性だけど、頼りになる。そんな彼から、目を逸《そ》らすことができない。

意外と、ちゃんと考えてるんだなぁ。そんな失礼なことを考えながら、私は、殿下のことを見直していた。ちょっと前から私が考えていたことを相談してもいいかな、と思えるくらいには。

「あの、殿下？」

「ん？　どうした？　酒がないのか？」

「いえ、お酒は大丈夫です。そうではなくて、ほら……ディオン殿下の代になってから、国を守《も》り立てることについて、話をしたじゃないですか？」

「ああ、そうだな。なかなか、難しいと思うがな」

「その件で、ご相談があるんです」

「何？」

「ちょっとばかり、殿下に協力してほしいなぁーなんて」

私もお酒が入っていたから、その後、図々しくいろいろと頼んでしまったけど、思ったより好感触に受け止められたみたい。

うん。これがうまくいったらいいなぁ。沈む夕日をぼんやりと見ながら、私はそう願った。

後日。私はクロード殿下と本宅で話し合いをしていた。フルネ村での宴《うたげ》で持ちかけた話だ。どういう話かというと、それは、季節と密接に関係する病《やまい》の問題だ。

この世界では、暑い夏は乾季と呼ばれ、雨が降らない。しかし、その前には必ず雨季と呼ばれる時季が来る。湿度が高くじめじめした、日本で言う梅雨《つゆ》のようなものだ。

とはいえ恵みの雨という意味合いが強く、雨季はどちらかというと好意的に迎えられる。その一方で、領主の娘として頭を悩ます問題があった。

それは、流行《はや》り病《やまい》である。この世界では、一定の期間に広まる同じような症状を、それぞれに病名をつけずまとめて流行《はや》り病《やまい》と呼ぶらしい。

特に、流行《はや》り病《やまい》が広まるのは雨季と冬が多いので、雨季の流行《はや》り病《やまい》、冬の流行《はや》り病《やまい》、と呼ばれている。

雨季の流行《はや》り病《やまい》では下痢《げり》や嘔吐《おうと》、発熱などの症状が、冬の流行《はや》り病《やまい》では頭痛、咽頭痛《いんとうつう》、咳、鼻水などの症状が出るそうだ。

それらの症状を聞いて、私はピンときた。雨季の流行《はや》り病《やまい》の正体は食中毒、冬の流行《はや》り病《やまい》の正体はいわゆる風邪だと。冬の流行《はや》り病《やまい》は、インフルエンザのようなウイルスの可能性もある。どちらにしても、日本で言うところの感染症に違いない。

ちなみに、雨季や冬の流行《はや》り病《やまい》とは違う症状のものも、突発的に発生することがあるらしい。これはまた別のタイプの感染症だと考えていいだろう。

私は先日、冬の流行《はや》り病《やまい》で亡くなった人々の集団葬儀に、領主代理として参加した。胸の中が悲しみで満ちていったのをよく覚えている。

流行《はや》り病《やまい》で命を落としやすいのは、高齢者と子ども。特に子どもは簡単に死んでしまう。

――そこで私は気がついた。逆に言えば、流行《はや》り病《やまい》を予防できれば、子どもの死亡率をかなり抑えることができるはずだ、と。

子どもの死亡率が減るのは嬉しい。一人の人間として嬉しいのはもちろんだが、国としても喜ばしいことなのである。

この国は前世の発展途上国のように、乳幼児死亡率が高い。そのため、人口がなかなか増えない状況にある。開墾《かいこん》できる農地はまだまだあり、国力だって上がる余地があるのに、人手が足りていないのだ。

ゆえに、流行《はや》り病《やまい》で命を落とす子どもを減らすことは、国力を上げることにもつながる。いいことずくめという訳である。

そうして私は流行《はや》り病《やまい》の予防——感染症対策に乗り出そうと考えたのだった。

私は、まずはシャリエール公爵領でこの感染症対策を行《おこな》い、その効果を示そうと考えた。

私が広めようと思っている感染症対策は、大きく二つ。

一つは、公衆衛生の啓蒙《けいもう》活動。公衆衛生と一口に言っても範囲がとても広い。中でも、細菌というものの存在の周知と、細菌侵入経路の説明、そして食材などに潜《ひそ》む細菌について絞《しぼ》る。本当はもっとがっちりやりたいけど、ひとまずはこのくらいからね。

そして二つ目は、手洗いの習慣を広めること。そのためにも——

「まずは、これの普及に努めたいと思います」

クロード殿下は私が差し出したものを見ると、露骨に顔をゆがめた。

「これは石鹸《せっけん》か？」

「はい。どうでしょう。できますか？」

「いや、さすがにそれは無理だろう……。一度配るだけでいいなら可能かもしれないが、日常的に使わせたいってことだろう？　それはちょっとな……」

「もしかして……費用的に難しいと？」

私の問いかけに無言で頷《うなず》く殿下。

まあ、そうだろうな。

この世界で、石鹸《せっけん》は高級品だ。石鹸《せっけん》を作るために希少な油を使うから、費用がかさむ。

けれど、流水で手を洗うのと石鹸《せっけん》を使うのでは、細菌の除去率がかなり違うのだ。

私は困って頭を掻いた。

「石鹸《せっけん》がないと、どれくらい効果があるのか、正直わからないんですよね」

「石鹸《せっけん》を領民すべてに配っていたら、公爵家はあっという間に破産する。単純計算くらいやってくれ」

「それくらいわかってますよ。でもどうしても欲しいんです！　領民には、手を綺麗にしていてほしいんですよ！」

私の言葉に、クロード殿下は首を傾《かし》げる。

「ん？　石鹸《せっけん》が欲しいんじゃなくて、手を綺麗にしたいのか？」

「え？　石鹸《せっけん》が欲しい理由なんて、それくらいしかないじゃないですか。私は、みんなに手を清潔にする習慣をつけてもらいたいんです。そうすることで、流行《はや》り病《やまい》を防げると思うんですよ」

すると、なぜか大きくため息をつく殿下。いや、私、変なことは言ってないんですけど？

「石鹸《せっけん》は確かに汚れを落とすが、むしろ嗜好品《しこうひん》に近いものだ。匂いや使い心地の面でな。庶民は体を綺麗にするために、コチの実を使う」

「コチの実ですか？」

聞いたことがない名前だ。この世界特有の植物だろうか。

殿下は私の様子を見て、説明を続けてくれる。

「ああ。比較的、安価なものでな。山で腐《くさ》るほど採れるから、村の者はそれを収入源にするくらいだ。実を潰して、その汁を水に溶かして使うんだ」

「へぇ～、そんなものがあるんですね！　もしかしてそれなら！」

「配らなくても、ある程度の家庭にあるだろ。使う量にもよるがな」

「すごい！　コチの実で頻繁《ひんぱん》に手を洗ってほしいと広めれば、手洗い問題は解決です！　さすが殿下ですね！　物知りっ！」

私はつい嬉しくなって、淑女《しゅくじょ》らしからぬ満面の笑みを浮かべる。

すると、クロード殿下は顔を背《そむ》け、表情を険《けわ》しくさせた。

「ふん、それくらい誰でも知っている」

悪かったね、知識不足で。そんなに、顔をしかめることないじゃないか。

そう思っていると、殿下はそっぽを向いたまま、ぼそぼそと言う。

「ま、まあ。この程度の知識でよければ、いくらでも教えてやるぞ？」

「本当ですか!?　嬉しい！」

殿下ってば、意外に優しいとこあるじゃないか。

私は上機嫌でいろいろ聞いてしまったけど、クロード殿下はそのすべてに答えてくれた。なんだ、この博識。見た目とミスマッチすぎだろう。

殿下のおかげで感染症対策の目途《めど》がつきそうだ。本当にありがたい。

「ずるいだろ、その笑顔とか……」

ぼそぼそと何かを言っている殿下をよそに、私は計画を次の段階に進めることにした。


それから数日後、私はシュザンヌと共にフルネ村に向かった。

感染症対策と公衆衛生を広める方法を検討するためだ。

普通、まずは教師役を育成することからはじめる。そして、その教師役を村や街に派遣し、民《たみ》に教えていくことになる。それこそ、短い期間では難しく、丹念に教えなければならない。その費用を考えると、とてもじゃないが首が回らない。

私がやろうとしていることに対して、費用はそれほどかけられない。そもそも、領主が講じる政策とは違い、これは私個人とクロード殿下が行《おこな》うものだ。いくら貴族令嬢と王族であっても、まだ十代の私達が使えるお金など、微々《びび》たるものである。

そこで、お金をかけずに村単位で感染症対策と公衆衛生を広められないか試すべく、人材を探しに来たのだ。

「ねぇ……君。ちょっといい？」

私は、村のはずれで蹲《うずくま》っていた男の子に声をかけた。

村長に聞いたところ、この子のお父さんは数年前に亡くなり、お母さんは病気で仕事が満足にできなくなってしまったという。村人達がそれぞれ支援しているのだが、恵まれた状況とは言えない。料理や酒を持ち寄る余裕もないため、この子とお母さんは遠慮して村の宴会にも参加しないのだとか。確かに、先日の宴《うたげ》では見かけなかった。

私が呼びかけると、男の子は怯《おび》えた様子で体を縮こませ、上目遣いでこちらを見つめてくる。私が見るからに貴族だからか、怯《おび》えているのかもしれない。

私は精一杯の笑みを浮かべ、できるだけ優しい声を出す。

「あのね。君にお願いしたいことがあるんだ。もちろん、お母さんとも相談しながらね。話をしたいから、おうちに連れていってくれないかな？」

「……お姉ちゃん、誰？」

「私はレティシア。君のお名前は？」

私が問いかけると、男の子はおずおずと答えてくれた。

「……テテ」

「そう、素敵な名前ね」

思ったことを口に出すと、テテは小さくはにかんだ。

「実はね。私、ちょっと前からこの村にいろいろとお世話になってるの。それでね、どうしても君にお願いしたいことがあって来たんだ。怖いこととか嫌なことはしないって約束するから、ね？

お願い」

私がそう言うと、テテはしばらく考え込んでから、無言で立ち上がる。そして、とととと、と立ち去ってしまった。

だめだったか……。そうシュザンヌと顔を見合わせると、テテはすこし離れたところで立ち止まり、こちらを振り返る。

「来ないの？」

「え？　あ、ううん。行くよ。ありがとね」

「うん……」

私達はテテについていった。

しばらく歩き、テテは家の中に入っていく。私達も入っていいものかと外で戸惑っていると、テテは入口から顔を出して手招きしてくれた。

私達は、手招きに従って中に入る。中には、母親らしき女性がベッドの上で体を起こしていた。

布団の上には内職仕事なのか、裁縫《さいほう》道具が置いてある。

「失礼します、あの……テテのお母様ですか？」

私の顔を見て、母親は目を丸くする。私が貴族だとわかったからか、彼女の顔から血の気が引いていった。そして彼女はベッドから慌てて下りようとする。その拍子に、足を滑らせてしまった。

「危ない……っ!!」

彼女が床にぶつかる寸前のところで、シュザンヌが受けとめる。それさえも母親にとっては恐怖だったのだろう。床に座り直すと、慌てふためきながら頭を下げた。

「申し訳ございません！　うちの子が何かいたしましたでしょうか!?　ごらんのとおり、うちは、父親がおらず、私も体を悪くしていて……粗相《そそう》があっても何もお詫《わ》びできないのでございます。ですから、この通り！　なにとぞお勘弁いただけないでしょうか！　お願いします、お願いします！」

病《やまい》は気持ちさえも蝕《むしば》む。

体が不健康になると、心さえも立ち上がる気力を失い、どんどんマイナス方向へと傾いていってしまうのだ。そしてさらに心が体に悪影響を及ぼす。そんな悪循環に陥《おちい》る患者は少なくない。目の前の母親もきっとそうなのだろう。

「私はレティシア・シャリエールと申します。頭を上げてください。あなたのお子様もあなたも、特に何かした訳ではありません。私がテテに仕事をお願いしたくてまいったのでございます」

「し……仕事でございますか？」

母親は戸惑った表情でそう問い返す。改めて見ると、彼女の顔はやつれている。やはり満足に食べられていないのだろう。

「はい。これから、ここシャリエール公爵領で新しい施策をはじめる予定です。そのために働いてくれる人を探していまして、テテにお願いしてもいいでしょうか？」

「テテに……ですか？」

テテと母親は、ぽかんとした顔で私を見る。私は笑みを浮かべて二人に頷《うなず》きかけた。

「はい。失礼ながら、お支払いできる金額はあまり多くありません。それでも、もし他に仕事のあてがないのなら、その手を貸してもらえないかと思いまして」

「確かに……うちは、畑を持っていないから、テテは忙しくはないけれど……でもこの子に何ができるのでしょうか？」

「簡単なことです。ただ、村を歩き回ってくれればいいんです。そして、ある行動を見かけたら、村人に声をかける。それだけですよ」

「歩き回って……声をかけ、る？」

それは、現代の病院でも行《おこな》われている、単純だが効果的な方法だ。だからこそ、子どもでもできる。むしろ遊び感覚でやれる子どもにこそ、向いている仕事かもしれない。

「どういったことかというと……」

それから、私はその仕事について熱弁した。途中、ヒートアップしすぎてシュザンヌに止められる場面もあったが、最終的に親子は仕事を喜んで引き受けてくれた。

よし！　明日から忙しくなるぞ！

私は、村からの帰り道、気合いを入れるために握った拳《こぶし》を空高く掲げたのだった。

◆

——一月後《ひとつき》、私とシュザンヌはまたまたフルネ村に来ていた。

すると、家に入ろうとする男性にテテが声をかけるところだった。

「あ、ダメだよ！　家に入る前に、ちゃんと手を洗わなきゃ！」

「あ？　ちょっと待ってくれよな。コチの実がないんだ、すぐには洗えねぇよ」

苦笑する男性に、テテはにっと笑う。

「それなら、はい！　コチの実をあげるから、ちゃんと洗ってください！」

「敵《かな》わねぇな。わかったよ。ほら、これでいいかい？　ちゃんと洗ったからな」

「うん、じゃあ、まるだね！」

「ははは！　すっかり監視役が板についちまったなぁ！」

男性が家に入ると、隣の家の窓から中年の女性が顔を出す。そして、テテに声をかけた。

「ちょっと聞いてもいいかい？」

「うん！　どうしたの？」

「お肉にちゃんと火を通せって言われているけど、これくらいでいいのかねぇ？」

そう言って、女性はフライパンを差し出す。テテはそれを見て頷《うなず》いた。

「えっと……うん。これなら、大丈夫だよ！」

「よかった、ありがとう。それと、やっぱり使う薪《まき》の量が多くなってきたから、女神様に伝えてもらえるかい？」

「わかった！」

これらは、最近のフルネ村でよく見られるやりとりだ。

テテに頼んだのは、村人達が家に入る時に手を洗っているか確認すること。そして、食べ物の火の通し方について、聞かれたことに答えること。その二つだけだ。

当初、手洗いに関しては子どもの言うことだと無視する人もいたのだが、公爵家から手洗い大使という権限を与えることで、みんなよく聞くようになった。手洗いに関しては、村長よりも強い権限を持っている。ちなみにこれは、クロード殿下のアイディアだ。

食材に関しては、村の女性に理由を説明すると、むしろ向こうからやり方を聞いてきた。ただ火を通すだけで流行《はや》り病《やまい》を予防できるならと、大事な子どもを守るために積極的になった。その時に消費する薪《まき》については、公爵家が援助することで、不満は最小限に抑えている。

私とシュザンヌが笑みを浮かべて忙しく走り回るテテを見ていると、彼はこちらに気づいて走り寄ってきた。

「レティシアお姉ちゃん！」

「頑張ってくれてるのね。いつもありがとう」

「うん！　お姉ちゃんがくれた仕事のおかげで、お母さんの病気の薬を買うことができたんだ！お母さん、最近はいっぱい起きていられるようになったよ。それに、ご飯も買えるようになった！」

満面の笑みでの報告を受けて、胸があたたかくなる。

「お母さんが元気になってよかった！　お仕事も慣れてきた？」

「ばっちりだよ！　まだたまに手洗いをサボる人もいるけど、最初より手を洗う人が増えてきたし」

「テテのおかげね！　ありがとう」

「うん！」

再び走り去っていく後ろ姿を見ながら、私はほっこりとした気分に浸《ひた》っていた。

ほんと、よかったなぁ。テテもお母さんも元気になって。

それはさておき、この村の様子を見てると、大丈夫そうかな？

よし。次は、他の村や街……シャリエール公爵領すべてにこの試《こころ》みを広げていこうじゃありませんか！

決意を新たにし、私は村の様子を眺めた。


そして、さらに一月《ひとつき》後の雨季。時は来た。

流行《はや》り病《やまい》が猛威を振るい、アレンフラール王国では治癒《ちゆ》術師が大忙し。

嘔吐《おうと》、下痢《げり》など食中毒の症状が現れた患者は、数日くらいで治る人も多いけど、やっぱり高齢者と子どもの中には命を落とす人もいた。

でも、うちの領地は違う。

その日、クロード殿下は久しぶりに私の屋敷にやってきていた。

「まさか、こんなことになるとは……」

「言ったでしょ？　感染症対策は重要だって」

「だからってなぁ……まさか、こんな」

テラスでお茶をしている私の後ろには、いつも通りシュザンヌとクリストフがいる。クロード殿下は、ドニが持ってきた我《わ》が領地の資料を見ながら、唸《うな》り続けていた。

「シャリエール公爵家の領地だけ、流行《はや》り病《やまい》の件数が少なすぎる。これは本当なのか⁉　他の領地では大流行しているんだぞ？」

「ひとえに、うちの領民の頑張り、としか言えません」

この一月《ひとつき》でフルネ村からはじめた感染症対策を、着々とシャリエール公爵領全体に広げることに成功した。

おかげで、流行《はや》り病《やまい》で命を落とす人が減る。もちろん、今後は人口が増えると考えられるが、農作物生産量も同時に上がる算段だ。食料難に陥《おちい》ることはないだろう。それに、将来的な利益が見越せるので、ある程度の援助は公爵家から行《おこな》うこともできる。お父様の了承はすでに得ているし、ドニとシュザンヌが当面のやりくりをしてくれたはず。

「あ、そういえば、ドニ。各村への援助金はなんとか絞《しぼ》り出せそう？」

「はい、大丈夫でございます。ご主人様との相談の末、なんとかなりそうです」

「それなら安心ね。ほんと、この領地が元々豊かで助かったわ。人が増えれば、しっかりと収穫量が確保できるのがわかっているんですから」

援助金がかかるとは言っても、コチの実と薪《まき》の援助や、食料確保のための減税など、永遠に続く訳ではない。それこそ、一定の期間――数年単位になるだろうが――を乗り越えることができれば、我《わ》が領地は間違いなく今よりも豊かになっているはずだ。

私が未来予想図を脳内に展開していると、困惑した顔の殿下が呟《つぶや》いた。

「すごいな……全部お前の思い通りってことか……」

「思い通り？　まさか」

何を言ってるのだろう、クロード殿下は？

私の返事に、彼はなぜか安堵《あんど》したような息を吐く。

「そうだよな。さすがに、お前にとってもこんな結果は奇跡のような——」

「こんな結果で満足できる訳がありません！　数年以内には流行《はや》り病《やまい》での死亡者はゼロにしましょう。それこそ、アレンフラールの国全体にこの運動を広げることができたら、国力の低下を防ぐことができるばかりか、生産力を上げることができます」

そう言って、私は胸を張る。

あれ、殿下はどうしたんだろう？　ぽかんとしたまま、間抜け面《づら》をさらしている。

そこで、シュザンヌは高らかに拍手する。

「さすがはお嬢様です！　街や村でも、これをはじめてから病気が減ったと聞きますし」

「レティシア様の施策のおかげで、領民の支持もうなぎ上《のぼ》りとのことですから。女神という異名は、ますます広がっているみたいですよ」

そう言ったのはクリストフだ。

クロード殿下とは反対に、喜々とした様子で私を持ち上げる二人。

しかし私は、クリストフの言葉に顔をしかめた。

「げぇ！　それは勘弁！　やめて！　もう女神様なんて呼ばれてひれ伏されるとか、ホラーな現場はこりごりだからね！」

「領民は自分達を救ってくれる神を求めているのです。レティシア様にはふさわしいではありませんか！」

「いや、それは王家の人達に任せるから。ね？　クロード殿下」

そう笑いかけると、クロード殿下はぎこちなく頷《うなず》く。

「あ、ああ、うん、そうだな」

「それに、今回我《わ》が領地でこの試《こころ》みを実現できたのは、クロード殿下のおかげです！　本当に、ありがとうございました、殿下！」

私は精一杯の感謝を込めた笑顔を向ける。しかしクロード殿下の反応を見るに、いまいち響かなかったみたいだ。

あれ？　私の見た目ってそれなりにいいと思っていたのだけど、性格がばれると効果が薄れるのだろうか……。あざとい女子にはなれないな、まったく。

っていうか、クロード殿下、私を見すぎじゃない？　さっきからすこしも視線を逸《そ》らさない。

……あ、もしかして、私の顔に何かついてる？　ついてないよね？　シュザンヌのほうを向いて顔をぺたぺた触ってみる。彼女はなぜだか優しくほほ笑んで頷《うなず》いてくれた。いや、頷《うなず》かれてもよくわからないって。

そして、視線を戻すと、やっぱり殿下は私を見ている。

「あの……殿下？　どうかされましたか？　私の顔に何かついていますか？」

「はぇ!?　いや、そういう訳ではない！　つい、視線が逸《そ》らせなかったというか、なんというか……」

慌てた様子でそっぽを向いた殿下。その顔は赤く染まっており、何やら調子が悪そうだ。

「失礼ですが殿下……なんだか顔が赤くないですか？」

「赤くなんてない！　お前こそ、目は大丈夫か？　治癒《ちゆ》術師に診《み》てもらったらどうだ？」

「え？　って、どんどん赤くなっていく！　熱でもあるんじゃないですか？　ほら――」

急に熱が上がるって、体によくないからね。

そう思って、殿下のおでこに手を当てたら、殿下が飛び上がるような勢いで椅子から立ち上がった。人間離れした素早さだ！

「殿下!?　どうされました!?」

「お、お、おおおおおおまえこそ！　いきなりどうしたんだ!?　手を、額《ひたい》に当てたりして！」

「熱がないかどうか見ようと……早く座ってください。ただの風邪だとしたって、こじらせると怖いですからね」

「いい！　触るな！　今日はこれでお暇《いとま》しようと思う。では、またな！　クリストフもシュザンヌも失礼する！」

そう言うと、殿下は一目散に、屋敷から出て行ってしまった。

なんなんだ、本当に。

「なんとも……殿下らしからぬ反応でしたね。それこそ、初恋を知ったばかりの少年のような」

ドニの言葉にシュザンヌが頷《うなず》く。

「クロード殿下はお噂よりも可愛らしい方ですね、お嬢様」

クリストフもうんうんと頷《うなず》いている。

クロード殿下が少年？　可愛い？　何を言ってるんだ、三人とも。あれはただの挙動不審だ。風邪くらいでうろたえる十七歳ってどうよ。まじで。

まあ、今回は本当にお世話になったからなぁ。

今度、お礼に何かお菓子でも作ってあげようかな。

「まあ、話してて、退屈はしない……わね」

「これは手厳しい」

「女神様に釣り合う男性となると、なかなかハードルが高そうですわね、ふふ」

ドニとシュザンヌの発言が、微妙に私と噛《か》み合っていないような気がする。

けれどそれよりも、私は自分の手で何かを成《な》し遂《と》げたという達成感を覚えていた。

自分の知識である感染症対策を広めて、実際に死亡者を減らすことができたのだ。

まあ、ちょっと忙しすぎたから、もうすこしぐーたらしたいなぁ。

っていうか、そうだ！　こういう時にお酒をくぴっといくと、おいしいんじゃないかなぁ。うん、絶対にそうだ。

さっそく、シュザンヌには内緒で、お酒を——

「では、私はちょっと失礼しますね」

思い立ったら即行動。私は、お酒を探すべく席を立つ。

するとシュザンヌが首を傾《かし》げる。

「あら、お嬢様。どちらに行かれるのですか？」

「ええ。いろいろと調べたいことがありまして、ちょっと……」

「そうですか。でしたら私も所用がありますので、出かけることにいたします」

「それがいいわね。じゃあ、いってらっしゃい」

ひらりと手を振り、立ち去ろうとすると、シュザンヌが思い出したように声を上げる。

「ああ、それとお嬢様。一つ、お伝えし忘れたことがありますが――」

「なに？」

「今回の施策でいくらかお金が必要になりましたので、食費の一部を回させていただきました。と言っても、普段の生活には差し障《さわ》りのない嗜好品《しこうひん》の費用でございます。ですから、キッチンに行っても、お嬢様用のお酒はありませんよ？　あるのは、お客様用のワインと、料理に使うものだけでございます。手をつけないでくださいね」

「な……まさか。そこから資金を捻出《ねんしゅつ》していたなんて……」

「では行ってまいります、お嬢様」

颯爽《さっそう》と立ち去るシュザンヌの後ろ姿を見ながら、私の視界はぼんやりとゆがんだ。

溢《あふ》れ出る涙を止めることができず、思わず感情のまま叫ぶ。

「シュザンヌの、ばかあああぁぁぁぁ!!」

後ろでは、クリストフとドニが顔を背《そむ》けて肩を震わせている。
わかってるんだからね、笑ってるって！　もう！　みんな知らない！
私がそのままベッドにもぐりこんでふて寝したのは、言うまでもない。

第五章　不穏な調べ

流行《はや》り病《やまい》の危機を乗り越えてから、早三か月。このごろは徐々に夏の気配も薄れ、秋風を感じるようになってきた。

私は今日もせせこ執務をしている。最近、大分執務に慣れてきたみたい。

だって、終わらないとお昼ご飯が食べられない……。必死でやれば終わる量なんだけど、手を抜くと終わらないのだ。その量の見極めが絶妙すぎてつらい。

まあ、それでもなんとか、今までお昼ご飯を逃《のが》したことはない！　さすが、私！

それにお父様から、領地のことはある程度自由にやっていい、という手紙が来た。理由はわからないけど、勝手が許されるならやらせてもらおう。

そんなことを考えつついくつかの書類に目を通して、仕事を終えた。

今日のお昼ご飯は何かな～。

るんるんとスキップで食堂に向かうと、そこにはなぜだかこの屋敷の住人ではない人物がいた。

「なんでいるんですか、クロード殿下？」

しかも、彼はすでに食事をはじめている。それにしてもあの命食らいの事件以来、本当に、頻繁にこっちに来るようになったなあ。っていうか、王都に帰ってないんじゃない？　と思うほどだ。

「見ればわかるだろ？　ほら、お前も座って早く食べろ。なくなるぞ？」

殿下はそう言って、私の席に並んでいる料理に手を出すそぶりをする。

「もう！　それは私のですからね！　私が仕事を頑張ったご褒美なんですから！」

私が慌てて椅子に座ろうとすると、クリストフがそっと椅子を引いてくれる。元々はシュザンヌが私の身の回りのことをやってくれていたのだけど、クリストフが来てから、こういったことは彼がやってくれるようになった。その分、シュザンヌやドニは屋敷の運営や他の業務に手を回せて助かっているらしい。

最初はちょっと怯《ひる》んでいたけど、今では当然のようになっている。

「ありがと、クリストフ」

「いいえ。こうしてレティシア様に仕《つか》えさせていただくことが喜びなのです。さあ、どうぞ」

「いつも大げさなんだから」

そう言ってほほ笑み合うと、私は目の前の戦場に向かい合った。

敵は殿下。私の至福のお昼ご飯を守るべく、殿下を打ち破らなくてはならない。なんとしても、お肉だけは渡さない！

「覚悟はいいですか？　殿下」

「何を言っている？　いいからさっさと食べろ」

「では失礼して……はっ、とぅ、やあぁ！」

「わ、なっ、なんだ!?　なんで俺の分まで!?」

「何を勘違いしているかわかりませんが、食卓に並んでいるものはすべて私のもの。完食するまで、私は手と顎《あご》の動きを止めるつもりはないのです」

「どんだけ食べるんだよ!? っていうか、目が怖い！ 怖い！」

クロード殿下は焦った様子でたじろぐ。

自分から戦いを吹っかけてきたくせに、情けない。

私はあっという間に食事を完食し、静かに口元を拭いた。こんな時でも忘れてはならないのが、淑女《しゅくじょ》としてのマナーだ。

「それで、クロード殿下。今日はどういったご用件でいらしたのですか？ まさか、お昼ご飯を食べに、だなんて言いませんよね？」

「ああ、今日は話があって来たんだ」

殿下はそう言うと静かにカップを置き、真剣な顔つきになった。

「ちょっとまずいことになっていてな」

「まずいこと？」

「ああ。父上が婚約解消の件について待ってくれって言ってただろ？ いまだに公的な声明を出していないことに加え、王都ではお前の功績が広まり、三公は焦りに焦っている」

「私の功績？」

なんのことかと、私は首を捻《ひね》る。

「忘れたのか？ 命食らいのことに加えて、流行《はや》り病《やまい》の予防もだ。それもあって、民《たみ》の間ではお前のことを語る歌が大流行しているんだぞ。アレンフラールの女神と言えば、今じゃ知らない者はいないくらいだ」

「またそれ……」

女神という呼び名にげんなりする。

「父上を救い、領民を救い、国を救うお前を、アレンフラールの女神だとみんなが語っている。そんな影響力の強いお前と、兄貴との結婚話が消えない状況に、三公は爆発寸前だ。早くなんとかしないと、危惧《きぐ》してた内乱が現実になる……かなりまずい」

私はそれを聞いて茫然《ぼうぜん》としてしまった。

せっかく婚約破棄という状況を作り上げたにもかかわらず、いまだにそれがなされないとは。デイオン殿下も、アンナ様が大事なら、さっさと婚約すればいいじゃない！　何をやってるんだ、あの馬鹿王子は。

「陛下は内乱の危険性についてご存じなのに、何をなさっているのかしら」

「やはりどうしても納得できないんだろう。パトリスと父上が苦労して結んだ婚約だったから」

「そう……」

このまま陛下が婚約解消を認めないんじゃ、私がやってきたことが無駄になってしまう。内乱が起きれば、この領地にも戦火が広がり、多くの血が流れるだろう。そうなれば――

ぐーたらしていられないし、おいしいお菓子も食べられない！　何より、労働の後のお酒が飲めないじゃない！

いやぁ、命食らい解決後の乾杯の時に思ったんだよね。

やっぱり、何もしないで飲むお酒よりも、みんなで何かを成《な》し遂《と》げた後に飲むお酒のほうが、断然おいしい！　つまり私に足りなかったのは目的であり、ずっとぐーたらしていても、おいしいお酒は飲めないんだってこと。

まあ、前世みたいに働きづめは嫌だけれどね。適度に働いて、適度にぐーたらして、おいしいご飯やお酒をみんなで味わう。うん、こんなに楽しいことはないでしょうに。

今後もそれを味わうには、まず婚約を解消してもらわなければならないのだ。

私は頭を抱えつつ、クロード殿下に問いかける。

「お父様はなんて？」

「すべてを知ってからは、パトリスも婚約破棄を認めるように父上に打診しているみたいだが……父上の心が決まらないらしくてな」

「そう……。お父様が説得しても、ダメなのね。どうすれば――」

「――レティシア様」

クリストフが私の肩に手を置き、言葉を遮《さえぎ》った。

彼は私のすぐそばに立ち、右手を剣に添える。つまり、何か危険が迫っているということだろう。

「クリストフ。何が？」

「わかりません。ただ、屋敷が騒がしくなり、何者かがこちらに向かってきているようです」

「何？」

その言葉で、殿下も剣に手をかけた。私は、椅子に座ってじっとしていることしかできない。何かが起きた時にちょろちょろ動き回っていたら、迷惑をかけてしまう。

しばらくして、階下から騒がしい音が聞こえてくる。

だんだんと近づいてくる喧騒《けんそう》に、私は体を強張《こわば》らせ、唇を噛《か》んだ。

もしかして三公の刺客《しかく》？　それともまったく別の何者かが命を狙いに？

とにかく、危険が迫っているのは間違いない。私はすぐに立ち上がれるように、すこしだけ腰を浮かせた。

そしてとうとう、この部屋の前が騒がしくなる。殿下とクリストフの緊張感が、これでもかと高まるのがわかった。

張りつめた空気とは裏腹に、目の前の扉がゆっくり開かれる。

「ア……アンナ様？」

そこには、小柄でとても可愛らしい華奢《きゃしゃ》な少女――ディオン殿下の思い人、マケール男爵令嬢であるアンナ様が立っていた。

私とクロード殿下は、目を丸くする。

「アンナ様！　困ります！　勝手に中に入られては！」

ドニが慌てて止めているが、すでに遅い。もうアンナ様は私の三メートルほど先にいる。無理やり外に放り出す訳にもいかない。

どうやってここまで来たかは謎だが、私が応対せざるを得ないだろう。

そう思い、私はアンナ様の前に歩み出た。最近はめっきり活躍することのない、淑女《しゅくじょ》スキルを発揮して。

「ごきげんよう、アンナ様。こうしてお会いするのは、卒業パーティー以来ですわね」

私の挨拶《あいさつ》に、アンナ様はほほ笑んだ。その笑みはどこか作り物めいているが、それはお互い様だ。お互いに上辺だけの態度で相対しながら、相手の心の奥をうかがい知ろうと躍起《やっき》になっている。淑女《しゅくじょ》らしい攻防とでもいえばいいだろうか。

「ええ。今日はぜひレティシア様とお話ししたいことがありますの。すこし時間をいただいてもよろしいですか？」

「まあ、約束もなしに押しかけるだなんて、一体どんな内容でしょう。とても気になってしまいますわ。けれど……さすがに無作法ではなくて？」

淑女《しゅくじょ》然として言うものの、アンナ様は臆《おく》することなく言い返してくる。

「それは大変申し訳ございません。私から面会の申し込みをしても、きっと通していただけないだろうと思いまして、強行手段を取りました。お時間をいただけないでしょうか？　今日は、近くの街に宿をとっておりますの。いつになっても構いませんから、ぜひに」

「そこまで言われるのでしたら……。ドニ、アンナ様を応接間に案内して差し上げて」

「かしこまりました」

アンナ様はおとなしくドニに連れられて行く。

しかし、一体全体、どうしたというのか。

王都にいるはずのアンナ様が、どうしてシャリエール領に来たの？　目的は？　私と話したいことって？

次から次へと疑問が浮かぶけれど、考えても意味はない。彼女が私のところに来る目的なんて、ディオン殿下に関することしか考えられない。

まあ、今の私はディオン殿下とは無関係だから、何を言われても困るけど。

「クロード殿下。申し訳ありませんが、午後は私、アンナ様と話してきますね」

そう言うと、驚いて口を開けたままだったクロード殿下は、急に表情を引き締めた。いや、今さら遅いって。

「アンナ嬢がレティシアになんの用だ？　兄貴と何かあったのか？」

「あら。殿下でもご存じないんですね。なら、余計にアンナ様とお話ししなくては。……先ほどの話、婚約を破棄させるためにも、アンナ様はとても重要な人ですから」

「それはそうだが……油断はするなよ」

「油断？」

「ああ。アンナ嬢は単なる男爵令嬢じゃないからな」

「どういうことですか？」

「あれで、魔法の腕は確かなものだ。下手《へた》したらクリストフでも敵《かな》わん」

え!?　嘘!?　あんなに強いクリストフでも敵《かな》わないって、可憐な外見とのギャップがやばい。

彼女が攻撃してきたら、私なんて、一瞬でボロ雑巾《ぞうきん》にされてしまう！

「まあ、この屋敷で公爵令嬢のお前に手を出すことはないだろうが、気をつけろよ?」

「はい。ご忠告、ありがとうございます」

クロード殿下の話にちょっとびびりながら、私はアンナ様が待つ応接間に向かった。

もちろん、クリストフとシュザンヌを引き連れて。

「ごきげんよう。お待たせしてしまったわね。申し訳ないわ」

私が応接間に行くと、ソファにちんまりと座るアンナ様の姿があった。

彼女は、見るからに女子、といった感じで紅茶を飲んでいる。本当にただそれだけなのに、絵になる。あぁ、美少女ってお得。

私がアンナ様の向かいに座ると、彼女は会釈《えしゃく》して口を開く。

「こちらこそ、お時間をいただきありがとうございます。本日は、ちょっとお聞きしたいことがあってまいりましたの」

「聞きたいこと……ですか?」

「はい。私……回りくどい言い方が得意ではないもので、単刀直入に言わせていただきますわね」

そう言うと同時に、アンナ様はカップを置き、すっと背筋を伸ばす。

その姿は先ほどまでの可愛らしい美少女ではなく、凛《りん》とした雰囲気を感じさせた。思わず、私も構えてしまう。

「本日おうかがいしたいこと、それは――あなたの正体です」

なんだってーー!!

私は心の中で絶叫する。

まさか、アンナ様が私の正体を突き止めようとしていただなんて！　まさか、そんな！

……って、私の正体ってなんだ？

私は私……レティシア・シャリエール以外の何者でもない。

そんなこと言われても、首を傾《かし》げることしかできない。

「一体なんのことでしょう？　正体と言われましても、私はレティシア・シャリエール。シャリエール公爵の娘でございますわ」

「そんなことを聞いているのではありません。しらばっくれないでいただきたいのですが」

「しらばっくれるなんて、そのような言い方……。あなた、こうして急に来訪したことといい、そのような言葉遣いといい、失礼がすぎるのではありませんか？　ご自分の立場をわかっていらっしゃるのですか？」

アンナ様の言いがかりに、つい険のある言い方になってしまう。

「……何よ、やっぱり悪役令嬢のまんまじゃない！　女神とかなんとか、やっぱり嘘なのよ！」

私の言葉に顔をゆがめ、アンナ様は小さな声で毒づいた。

きっと、私に聞かせる気はなかったのだろう。でも、いくら小さい声だとしても部屋の中では嫌でも聞こえる。

公爵令嬢である私の言葉に怯《おび》えないことにびっくりする一方で、その内容はよくわからないものだった。

悪役令嬢って、何？　アンナ様は一体何を言っているの？

シュザンヌとクリストフを見ると、眉をひそめている。

ふむ、ここは私がもう一度落ち着いて話を聞いた方がよさそうだ。

「失礼ですけど、私も単刀直入に言いますわね。今日アンナ様がいらしたのは、ディオン殿下のことで何か言いたいことがあるのかと思ったのですが、違うのでしょうか？　私の正体などといった訳のわからない質問ではなく、本当に聞きたいことがあるのではなくて？」

「……いいえ。私が聞きたいのは、やっぱりあなたの正体なのです。——だって、おかしいじゃないですか。貴族院の卒業までは原作通りなのに、エンディング以降のシナリオがまったく違うんだもん……。ディオン殿下と結婚して幸せになれると思ったのに、なぜだかいつまで経っても婚約破棄は成立しないし……。一体どうなってるっていうのよ。本当に訳がわからない」

アンナ様の声はだんだんと小さくなり、言葉遣いが乱れていく。

これがアンナ様の素《す》なのかな。

っていうか、言ってることがなんか変？　エンディングとかシナリオってなんのこと？

それにしても、アンナ様……興奮して、私達がいることを忘れてない？

「せっかく幸せになれると思ったのに……なぜかレティシアが陛下を助けた上に、命食らいだかを根絶させて、女神とか言われてるし！　流行《はや》り病《やまい》まで予防して、王都は空前の女神ブームだし！　もう、意味がわかんない！　そんなの、悪役令嬢だったレティシアが別人にならなきゃ、考えられないじゃない！　だから正体を聞いたのに、しらばっくれるし！　もう！　私はどうしたらいいのよ！　こんなんじゃ、日本で生きてたほうがよかった！　乙女ゲームの世界になんて、来るんじゃなかった！」

目の前で頭を抱えて叫ぶアンナ様を、私はじっと見つめる。隣でシュザンヌが『お嬢様、放り出しますか？』みたいな目で見てきたため、私は慌てて止めた。

「――ぁ」

そこで、アンナ様も自分のしでかしたことに気づいたのだろう。私と目が合うと、彼女の顔からすっと血の気が引く。アンナ様は、静かに椅子に座りなおすと、両手をぎゅっと握り、唇を噛《か》みしめた。

そんなアンナ様を見ながら、私は思案する。

さっき彼女が言っていた恨《うら》み節《ぶし》。まあ、私に対するものなのはわかるんだけど、日本とか乙女ゲームとか、前世で聞いたことがあるワードがちょくちょく出ていた。まぁ、私自身はほとんどゲームをやったことがないから、あまり意味はわからないが。もしかしてアンナ様も、前世の――それも日本の記憶を持っているの？

でも、それだとなんだか、話が噛《か》み合わない。

私は、自分の未来がどうなるかなんて、わからないのだから。

ただ、もし私と同じように前世の記憶を持っているのならば……

ずっと抱えてきたこの記憶のことを、話せるのかもしれない。それはとても素晴らしいことじゃない？

「シュザンヌ、クリストフ」

「はい」

「はっ」

私の呼びかけに、二人は緊張感のある返事をする。

「二人とも、ちょっと外してくださらない？　アンナ様と二人きりでお話がしたいの」

「お嬢様？　それは――」

シュザンヌは戸惑い、拒もうとする。ここで、私は奥の手を使う。

「お願い……ね？」

ここぞとばかりにほほ笑んで、上目遣い！　どうだ！　これで逆らえないだろう!?　たまには私だって悪女になれるのだ！

その思惑に乗ってくれたのか、二人は『お気をつけください』と言って外に出てくれた。

よしよし。まあ、ドアの前にはいるだろうから、声は小さめにして……

「ねぇ、アンナ様？」

「は……はい」

「先ほどの言葉や態度は、不問に付《ふ》すわ」

「へっ!?」

「その代わり、次の質問には嘘偽《うそいつわ》りなく答えてちょうだいね？　じゃないと、私はあなたを名誉毀《めいよき》損《そん》で告発しなければならないから」

私の脅しに息を呑むアンナ様。

ごめんね、そんなに怯《おび》えないで。すこし試したいだけだから。

「日本、富士山、東京タワー、自動車……聞き覚えのある言葉はあるかしら？」

その瞬間、アンナ様は大きく目を見開いた。

「レティシア様……なんでそれを」

その問いに私は答えない。できるだけにこやかに、慈悲《じひ》深そうにほほ笑む。

その笑顔を見たアンナ様は、びくりと肩を震わせた。

私は口を閉じたまま、目の前に置かれたカップを手に取った。それにゆっくり口をつけていると、アンナ様はじれたように立ち上がる。

「なんでそれを知っているのですか！　答えてください！」

アンナ様の顔は赤く染まっている。その表情は怒りなのか、困惑なのか、期待なのか、恐怖なのか……なんとも言えない感情を表していた。

その様子を見るに、きっとアンナ様はずっと不安だったのだろう。

――前世の記憶があるなんて、普通じゃありえない。ならそんな自分は、なんなのだろう？　もしかしてこれは妄想なのかもしれない。でも、それにしては鮮明すぎないか？

そんな問いかけを繰り返してきたに違いない。

自分と同じ状況に置かれている存在が目の前に突然現れたら――きっと私も、今の彼女と同じように、なぜ知っているのかと問いつめるだろう。

間違いない。アンナ様は求めているんだ。

前世の記憶の持ち主を。自分と同じ存在を。

状況は理解した。けれど私は、興奮するアンナ様から距離を取るように体をそらす。

「どうして？　なぜアンナ様に教えなければならないのですか？　ただ私は、あなたに言葉を知っているかどうかを聞いただけですわ。その様子だと、やっぱり知ってるのですね」

「それは――」

アンナ様はおどおどして、再び腰を下ろした。

さて、どうしたもんか。

つい聞いてしまったけど、自分に前世の記憶があるだなんて、あまり人に知られたくない。しかも、私の場合、いつのまにかアレンフラールの女神なんて呼ばれているし！

このことが公《おおやけ》になってしまったら……『女神』設定を撤回できないんじゃないか!?　そんなの嫌！　ぐーたらできない！

なんか、だんだんと面倒事が増えてる気がする。今じゃ、婚約破棄は成立しない上に、国を守《も》り立てなきゃならないわ、女神という恥ずかしい呼び名をどうにかしなきゃならないわ、大忙し。

さらに今度は、前世のことをどうするか、っていう問題も発生して……

はぁ。この状況をどうにかすることができるのだろうか……。もういっそ、誰かに代わってもらいたい。

ん？　誰かに？

私は食い入るようにアンナ様を見つめた。するとアンナ様は、ソファに座りながらも体をのけぞらせた。顔面は蒼白だ。

やだ、怖がらなくたっていいのよ？　さぁ、おいで。いい子だから、こっちにね。

内心そうささやきつつ、私は一瞬で策を練る。そして、感嘆の声を上げた。

「あぁ！　まさか、本当にいらっしゃったなんて……」

「へ？」

「アンナ様こそが、この世に舞い降りた聖女――この国の行く末を救う、救世主！」

「はぇ？」

アンナ様はぽかんと間抜けな顔で声を漏《も》らす。

――あら、やだ。美少女は間抜け顔でも可愛いのね。

こっちとしては、このままの勢いでいかなきゃ！　必要なのは、勢いと熱意！　これに勝《まさ》る営業テクニックはないって、前世の合コンで会った男が言ってたのよ！

「我《わ》が、シャリエール公爵家に伝わる古文書……それには、日本、富士山、東京タワー、自動車という聖なる言葉を知る者が、この世界を救う救世主となりうると記されていましたの！　私達公爵家では、その方を探すようにと、代々言い伝えられているのです」

自分でも意味がわからない作り話だ。けど、よくよく考えたら、アンナ様は私にとって救世主みたいなものよね。そして、女神というより聖女って感じ！

アンナ様がディオン殿下と結婚すれば、内乱は避けられるかもしれないし、国を守《も》り立てるのも彼女に任せられる。さらに聖女アンナが誕生すれば、途端に女神という私の呼び名は霞《かす》むに違いない。前世のことも、古文書に書かれていたことにして彼女に確認できれば、私もいろいろと安心できる。

これだ！　ザ・身代わり計画！　アンナ様！　あなたの望みは私が叶えます！

やる気を燃え上がらせる私に、彼女は困惑の表情を向ける。

「えっと、一体、どういう……」

「心配されなくとも結構ですわ。これからは、シャリエール公爵家の総力を挙げて、あなたをプロデュースします！　あなたはこれから、国を支える聖女となり、ディオン殿下と結婚し、国を繁栄に導くのです！」

「プ、プロデュースってやっぱりレティシア様――」

「古文書の引用ですわ、おほほほ。さぁ、たっぷり話し合いをしませんこと？　この国には、あなたの力が必要なのです」

私はソファから立ち上がると、膝を折り頭を下げる。

その表情は、きっと笑みでゆがんでいることだろう。くふふ。

数時間後、私はアンナ様と共に応接間を出た。彼女の表情は、ここに来た時とは反対に自信に満ちている。

「では、アンナ様。よろしくお願いしますわ」

「わかっております。レティシア様のご配慮、痛み入りますわ」

「では」

「ごきげんよう」

そんな挨拶《あいさつ》を終えると、アンナ様は颯爽《さっそう》と屋敷を後にした。

ふぅ。思いのほか物分かりがよくて助かった。彼女、うまくやってくれるかしら？　すこし心配だけど、信じるしかないもんね。しばらく様子を見ようっと。

私がため息をつくと、クリストフとシュザンヌがそっと近づいてきた。そしてシュザンヌが眉をひそめて口を開く。

「お嬢様。思惑が読めない相手と二人っきりになるなど、今後はおやめくださいませ。アンナ様は強力な魔法の使い手。しかも、ディオン殿下絡みで、いさかいもある相手。危険です」

「でも大丈夫だったでしょ？　それに、もし何かあったら、その時はシュザンヌもクリストフも助けてくれるんだろうし」

「それはそうですが……」

言葉を続けようとする彼女を、クリストフが制する。

「シュザンヌ殿。レティシア様には何かお考えがあるのでしょう。我らが主《あるじ》が、間違ったことなどするはずありません」

「クリストフ様はいつもそうおっしゃいますね。お嬢様に甘すぎです」

「まあまあ、二人とも。これからは気をつけるわよ。さ、すっかり遅くなっちゃったし、疲れちゃったからお茶にしない？　私、今日はクッキーが食べたいなぁ」

「まったく……すぐに用意いたしますね。クリストフ様はお嬢様と一緒に先に向かっていただけますか？」

「言われるまでもなく」

ふぅ。今日はなんだかやり切った感がある。これできっと、いろいろな重圧から解放されるはず。

そう思うと、なんだか感慨深いものがあるわね。

……やっぱり、クッキーじゃなくて、昼間っから乾杯なんてどうかしら！

「シュザンヌ！　やっぱり――」

「はい、お嬢様。まだ昼間なので、お持ちするのは紅茶ですよ？」

鋭《するど》い視線で私を突き刺すシュザンヌ。相変わらず勘の鋭《するど》い侍女に、私は首をすくめて顔を引きつらせる。返事の声もくぐもってしまった。

「はひ」

おそるべし、シュザンヌ。なんでわかったし。

◆

私が救世主アンナ様にすべてを託して、一月《ひとつき》が経った。

過ごしやすい秋のはじめだというのに、ここのところ冷え込んでいる。冬の気配を感じるくらいだ。私はあんまり寒いのは得意じゃないけど、暖炉に当たりながら飲むホットワインが楽しみで仕方ない。体がぽかぽかして気持ちいいんだよなぁ。

早く冬にならないかな。っていうか、むしろもう飲めばいいんじゃない？　ホットワインとケーキとか、最高の贅沢《ぜいたく》に違いない！　うん！　今日やろう！　シュザンヌにお願いしよう！

そんないい気分で、今日も執務にいそしむ。けれど、ふと手を止めた拍子に、先日アンナ様と話したことが脳裏に浮かんできてしまった。

この世界は、アンナ様の前世の記憶にある乙女ゲームの世界にそっくりだという。

その中で、私――レティシア・シャリエールは悪役令嬢であり、アンナ様に卑劣ないじめや恋の妨害をする存在であったらしい。

ディオン殿下は完璧超人。クロード殿下はちょいワル色気王子。クリストフは寡黙《かもく》ながらも頼りがいがある騎士。みんな、ゲームの攻略対象なのだとか。

最終的に、主人公であるアンナ様がディオン殿下と結婚して幸せになるのが、一番人気のルートだと聞いた。

王子二人の中身についてはノーコメントを貫いたが、それ以外は大体一緒。

ただ、私がいじめをしていた理由に関して説明すると、アンナ様は『悪役令嬢じゃなくない!?詐欺《さぎ》じゃん！』と心底驚いていた。

もし、ディオン殿下がアンナ様の言うような完璧超人だったのなら、内乱なんて起こらないだろう。そのままこの国は繁栄していき、ディオン殿下とアンナ様は幸せになる。

しかし現在、その通りになっていない。

今後どうなるかはわからないけど、アンナ様の働き次第だ。

それを見守るのが、今私にできることだろう。それ以上は何もできまい。

――うん。さっそくキッチンに行って、ホットワインとケーキを出してもらおう。

そう思い立った私は、すぐさま私室から出ると、一階に向かう。しかし、階段を下りながら違和感を覚えた。

屋敷の中がやけに静かだ。普段とは明らかに様子が異なっている。

時刻は昼下がり。いつもは昼食の片付けや夕食の準備で、キッチンのほうがざわついている。廊下や玄関周りだって、使用人達が忙しそうに歩き回っているものだ。ドニやシュザンヌは、暇があれば私のそばにいてくれるのだが、二人の姿も見かけない。

それこそ、すっかり失念していたけど――部屋の前にいるはずのクリストフがいなかった。これは由々《ゆゆ》しき問題なんじゃなかろうか。

明らかにおかしい状況に、心臓の音が大きくなっていく。

私は、その音をすこしでも抑えるように胸に手を当て、ゆっくりキッチンに歩いていった。

この廊下を曲がれば、たどり着く。

わずかな距離がとてつもなく長く感じられた。あそこを曲がればいつもみたいに、メイド達がいる。そのはずなのに、行くのがとても怖い。

冷や汗が背中を伝う。

体に震えが走る。それは全身に広がっていき、平静を保てない。

ようやく曲がり角に差しかかった時、私の目に映ったのは、倒れているメイド達の姿だった。

「どうしたの⁉　あなた達――」

彼女達に駆け寄ろうとした瞬間、後ろから口を塞《ふさ》がれ、床に倒された。

突然の衝撃に、脳が揺さぶられ、同時に意識が朦朧《もうろう》としてくる。

――薬を嗅《か》がされたのか。

薄れていく視界に見えたのは、見慣れぬ影。

その影が私を抱えてどこかに行くのを、失いつつある意識の端っこで感じていた。


――体が重い。唯一動かせそうな瞼《まぶた》を開けると、そこは暗闇だった。声を上げようとするが、うまく言葉が出ない。催眠作用のある薬を嗅《か》がされたせいで、体が麻痺《まひ》しているのだろう。体がだるく、動かしづらい。

床は冷たく、おそらく石造り。そこに直接寝かされており、手の自由はきかない。

だんだんと暗闇に目が慣れてくる。あたりをうかがうと、ここが狭い部屋なのだとわかる。部屋には私一人だけだ。

壁を使ってなんとか体を起こしたところで、ようやく状況が呑み込めてきた。うん、私、誘拐《ゆうかい》されたんだ。

しかも、これはいわゆる監禁状態。服や体を見る限り、何もされていないとは思うけど……これから私、どうなるのだろうか。

恐怖が全身を襲う。

今、私の命は誘拐犯《ゆうかいはん》が握っているのだ。一体、これから何が待っているのかもわからず、涙がこみ上げくる。

殺される？　犯される？　それとも、拷問《ごうもん》でもされる？　犯人の目的はわからないけれど、碌《ろく》なことにならないのは明白だ。この状況は本当にやばい。どうしたらいいんだ？　どうしよう……このまま殺されたりしたら……嫌だ。

そんなの嫌に決まってる！

どうして私がこんな目に？　女神とか言われているから？　でも、そんなの、私が望んだ訳じゃない！

それとも公爵家の財産目当て!?　でも、そんなの、もしお金を渡したとしても、命が助かる保証なんてない。

怖い。怖いよ……。誰か助けて――！

パニックになりながらも恐怖に耐えていると、唐突に部屋のドアが開く。

差し込んでくる光がまぶしい。

私は思わず目を閉じる。しかし、誰がやってきたのかを確めたくて、必死で目を開けた。

そこに立っていたのは、貴族らしい風貌《ふうぼう》をした一人の壮年の男性だった。

「おや、怖がらせてしまったかな。申し訳ない。とりあえず、こちらに来てもらえるかな？　手枷《てかせ》

を外すが、いきなり逃げたりしないでくれたまえよ。つい手が出てしまうかもしれないからな」

穏やかな笑みを浮かべた男性は、さらりと怖いことを言ってくる。あまりに自然に言うものだから、大したことがなさそうに聞こえるが、つまり逃げたら殺すという脅しだろう。

私は震える足でなんとか立ち上がり、男の方に歩いていった。

それからまず連れていかれたのは、小さな部屋だ。そこで、女性の使用人に手枷《てかせ》を外され、着替えを渡される。着ていたドレスが汚れていたから助かった。

着替えている間に男はいなくなっていた。意外にも紳士的だったりするのかしら。

ほっとしたのもつかの間、使用人に連れていかれたのは、食堂のような広い部屋だ。促《うなが》されるまま席に着くと、男が現れた。彼は笑みを浮かべ、私の向かいに座った。

「さて。はじめましてだね。話には聞いていたが、こうして目の前にすると、その美しさといい儚《はかな》さといい……女神と呼ばれるのもわかる気がする」

舐《な》めるように私を見る男の視線に、ぞくりと寒気を感じる。しかし男の様子を見る限り、今すぐ何かをされる訳ではなさそうだ。

礼節を持って接するのが、利口な振る舞いかな。そう考えて、私は口を開く。

「お初にお目にかかります。こうして口を開くことを許していただけますか？」

「もちろん」

「では、自己紹介をさせていただきますね。私は、レティシア・シャリエール。シャリエール公爵家の長女です。以後、お見知りおきを」

男は笑顔で頷《うなず》く。

「知っているよ。王都では有名だからね。今や君は時の人だ。陛下の命を救い、命食らいの正体を突き止め、そして領地内の流行り病《はややまい》をほぼ根絶させた……。そう、アレンフラールの女神と言えば、知らない者はいないからねぇ」

「そのような過分な評価。身に余る光栄でございます」

「ははっ、そんなにかしこまらなくていいよ。それより、いきなりつれてきて悪かったね。すこしばかり焦っていてね。どうしても君と話す機会が欲しかったんだ。まずは、その非礼を詫《わ》びよう。すまなかった」

私は男の言葉に驚いた。まさか、誘拐犯《ゆうかいはん》が謝ってくるなんて……。その行動のちぐはぐさに、空《そら》恐《おそ》ろしいものを感じてしまう。

「まあ、とりあえずは、食事を楽しまないか？　別に毒など入っていないからね。安心して食べるといい」

そう言って男が手を上げると、使用人達が食事を運んでくる。どうやらコース料理のようだ。

こんな時に何を考えているのか……

警戒しながらその様子を眺めている私に対し、男はワインを片手に笑みを浮かべた。

「アレンフラールの女神に——乾杯」

そう言って、ワインを勢いよく飲み干す男。

私も食事を口に運ぶ。状況的に、料理に毒や薬を仕込むような回りくどいことはされないだろう。

そんなことをするくらいなら、とっくに無理やり毒を呑まされているはずだ。

となると……それはそれは素晴らしい料理だから、食べないという選択肢はない。高級なミルクとチーズをふんだんに使った料理とおいしいワイン。うん、最強だ。

私が嬉々として食事を食べきると、男は目を見開いた。

「とてもおいしい食事でした。ありがとうございます」

「そう言ってもらえると嬉しいよ。……君はやはりただ者ではないね。この状況でコース料理を食べきるなんて、信じられないなぁ」

「いえ、それだけお料理がおいしかったのですわ。この料理のお見事なこと。そう……これは特別な方にしか作れない、特別な料理。さすがは、モンタンベール家の料理人ですね」

私の言葉に、男は急に顔をゆがめた。図星だったようだ。

確信はなかったけれども、当たって内心ほっとする。モンタンベール公爵家は、国王陛下の弟君の一族だ。

「まさか……気づいていたのか？」

「あら、当たりのようですわね。思いつきだったのですが、このお料理はまさにモンタンベール公爵家にふさわしいものでしたから」

私の言葉に、男は最早《もはや》、笑みさえ見せていない。

ちょっと切り込みすぎた感はあるけど、そうしないと話が進まないだろう。それこそ、食事をしたおかげでいろいろと冷静に考えることができた。

この誘拐《ゆうかい》の目的を考えた時に、身代金目的とか恨《うら》みとか、いろいろと思いつく。中でもやっぱり可能性が高いのは、私とディオン殿下の婚約を巡る貴族抗争によるものだろう。身代金目的だとリスクが高すぎるし、怨恨《えんこん》だったらさっさと殺してしまえばいい。睡眠薬を使って誘拐《ゆうかい》する必要はない。

今、私は五体満足で生きている。となると、私を何かに利用したいのだろう。

さて、誰がこの誘拐《ゆうかい》を企《くわだ》てたのか。

それは簡単に絞《しぼ》れた。内乱を企《くわだ》てている三公のいずれかだ。そのうちのどれかは確信が持てなかったが、王家に伝わるとされる乳製品を使った料理や、一部の人にしか売られないと言われるワイン。それらを見ると、可能性が一番高いのがモンタンベール公爵家だったのだ。

モンタンベール公爵家は、陛下が即位された時、弟君が当主となって興された公爵家だった。今はその息子――陛下の甥《おい》が当主をやっている。目の前にいる男がそうなのだろう。内乱を企《くわだ》てるほどの野心がある人物だ。誘拐《ゆうかい》くらい朝飯前のはず。

「驚きだね。美しく聡明《そうめい》なご令嬢だと聞いていたが、まさか私の正体まで見破るとは」

「お褒めいただき光栄です。それで、モンタンベール閣下は、私をどのように使いたいのですか？これはその交渉の場だと認識しているのですが」

「そうだね。そこまでわかっているなら、話は早い。すこし予定と違うが、交渉といこうか」

そこで、モンタンベール閣下は人払いをする。食堂は彼と私、二人きりになった。

閣下はじっくりと舐《な》めまわすような視線を向けてくる。

「交渉と言っても、私はあまりこういったことに長《た》けていなくてね。できるだけ単純な話が好きなんだ。だから単刀直入に言おう。君は、殺されるのと、私と結婚するの、どちらがいいかな？」

最悪の二択だ。私は淑女《しゅくじょ》の笑みを浮かべることしかできなかった。


私が誘拐《ゆうかい》されて——もとい、誘拐《ゆうかい》されたことに気づいてから、すでに三日目だ。

あの二択を迫られ、何も答えずにいたら、部屋に戻された。元々いた石造りの冷たい部屋ではなく、ベッドやテーブルがある普通の部屋だ。部屋の外には、見張りがつけられている。

あの日から何度か、モンタンベール閣下は私に同じ問いかけをしてきた。

「死と結婚。どちらがよいかね？」

私はその質問に反応すらしない。すると、モンタンベール閣下は困ったような笑みを浮かべて立ち去る。閣下の対応は、私にとって都合がいい。というのも、私は時間をできるだけ稼ぎたいのだ。

私単独でここから逃げるのは難しい。だから、ここから脱出するためにできるのは、助けを待つことだけ。お父様やシュザンヌ達が私を見つけてくれるのを、祈るしかない。

閣下にとって、私と結婚するのが最良の結果なのだろう。だから、こうして時間をかけて私が折れるのを待っている。

私を殺せばディオン殿下との結婚は叶わない。シャリエール家の力を削ぐことはできる。しかし、モンタンベール家の力が増す訳ではない。

閣下と私が結婚すれば、少なくとも、他の公爵家よりは力が増すだろう。さらに、王都で女神と言われている私の存在は、モンタンベール家にとって利益となる。

おそらく、他の公爵家と協力しているフリをしつつ、出し抜くチャンスを狙っていたのだろう。そのために、私を利用しようという魂胆《こんたん》に違いない。

そういう訳で、私はぎりぎりまで生かされるはず。だから、私はできる限り時間を稼ぐ。それが今できること。

だけど、そのリミットは思いのほか早く訪れた。三日目の夜、モンタンベール閣下が焦った様子で部屋に来たのだ。

「くそっ！　ほら、こっちに来い！　急いで逃げるぞ！」

「えっと——いきなり、どこへ」

「うるさい！　どこでもいいんだ！　追っ手から逃《のが》れることさえできれば！」

閣下は乱暴に私の手を引いて、屋敷の外へ連れていく。そのまま馬車に乗り込むと、早く出せと御者《ぎょしゃ》を怒鳴り散らした。私達が乗った馬車が走り出すと、三台の馬車も並んで走る。護衛の馬車だろうか。

「スピードを上げろ！　捕まったらおしまいだぞ！」

「は、はい！　ご主人様！」

「くそっ、どうしてバレた……。まさか内通者が？　いや、そんなことはない。逆らえないやつしかこの屋敷には連れてきていないはずだ」

閣下は、貧乏揺すりをしながら、がちがちと爪を噛《か》む。よほど焦っているのだろう、視線はあちこちに泳いでいる。

できるだけ閣下から距離を取りつつ、私は外を見た。すると、外の景色がすさまじい速さで流れていく。空を飛ぶ鳥も置きざりだ。あのシルエットは――おそらく鷹《たか》。

それにしても、この馬車はどこへ向かっているのだろう。

もしかすると、目的地はないのかもしれない。閣下を追っている者から逃げきれればいいのだから。

「こうなったらしょうがない……。こいつを人質にすれば、いい条件で交渉できるか？　しかしこの罪が明らかになったら、家は取りつぶされる――どうすれば……どうすれば」

そんなに後悔するなら、最初からこんなことをしなければいいのに。

けれど、こういう人達は失敗することなんか考えないものなのだろう。普通は、失敗やそのリカバリーを想定しておくもので、それにより物事の成功率が変わってくるのに。

成功を前提に行動していたこの人に、最早《もはや》、逃げ道は残されていないのかもしれない。だけど、このままどこかに連れ去られるのも微妙だよね。私は、できるだけ今いる場所から離れたくない。もし、この追っ手がシャリエール家だとしたら、ここで撒《ま》かれてしまっては、見つけてもらえる可能性が低くなるかもしれない。

私は、意を決して口を開いた。

「あの、閣下……」

「黙っててくれ！　今はお前に構っていられない！」

「いえ、モンタンベール閣下。お聞きください。今の閣下の状況を打開する案がございます」

「何ぃ？」

ぎろりとこちらを睨《にら》みつけるモンタンベール閣下。その目は血走っている。

「簡単なことです。私は命が惜しい。閣下は立場を守りたい。でしたら、閣下がおっしゃる通り、私を人質にとればいいのです」

「何を馬鹿な。そんなこと、お前の無事が確保されたら、すぐさま私が捕まるに決まっている！お前に都合がいいことしかないではないか！　そんなことはできない！　できる訳がない！」

「それは、閣下が脅迫まがいなことをしたら、でしょう？　もし協力者がいたら、話は変わってくると思いますよ」

私はできるだけ自然に笑いかける。すると、モンタンベール閣下は食いついた。

「協力者……だと？」

「はい。いるではありませんか。一番の協力者が、ここに」

すると、意図が伝わったのか、閣下は私と同じように口角を上げる。

それにしても、閣下は動揺しすぎだ。これでは、追っ手が私を助けてくれる誰かだとバラしているようなものだ。

「確かに、それは名案だが……なぜお前は私に協力を？　お前からすれば、私など憎《にく》き誘拐犯《ゆうかいはん》ではないか」

「その通りですが、今この場においては協力する以外に手はありません。現状、閣下が潜伏していた屋敷から逃げているのでございましょう？　閣下の口ぶりからすると、行き先も決まっていないご様子。閣下が完全に安全な場所など、すでにどこにあるのかわかりません。ダメ元で王城にでも逃げ込みますか？　それはできませんよね。そうしたら、閣下はすぐに捕まってしまいます。つまり、もう逃げ場はありません。とにかく国外に出る以外に、助かる道はない」

「ぐぅ……」

私が言ったことは、閣下もわかっていたのだろう。彼は苦々しく顔をゆがめる。

「そこで私をうまく使うのです。私が閣下に協力する理由は、国外に行きたくないから。そして逃亡中に奴隷商人などに売られては困るからです。いっそ閣下に協力して、自分の家に帰るために尽力したいところでございます」

「しかし、いくらお前が私を擁護《ようご》したところで、罪は罪。言い逃《のが》れできないではないか！」

「でしたらこうしましょう……そもそも誘拐《ゆうかい》は狂言だった。私が閣下にお願いしてやってもらったことにするのです。動機は、ディオン殿下の気を引くため、というのはどうですか？」

正直、国外逃亡などを目指されては本当に面倒だ。それだけは避けたい。

だから、私は閣下をこの国にとどまらせなければならないのだ。ある程度、説得力のある内容だと思うけど……

「うむ……そうなれば、私にかけられるのは大した罪にはなるまい。公爵という地位を失わずに済むかもしれん！」

「もちろん、私が無事に家に帰れた際には、お父様にこう言いましょう。『私のわがままを聞いてくださったモンタンベール閣下には、ぜひよくしてほしい』と」

私が再び笑みを浮かべると、ようやく納得したのだろう。

閣下は馬車を止め、そのまま引き返しはじめた。先ほどと違い、ゆっくりとした速度だ。

「私のわがままを聞き入れてくださり、ありがとうございます、閣下」

「いや、こちらこそ助かったぞ。さすがはアレンフラールの女神だな。ははっ」

ようやく一息つけたのだろうか。閣下の目から険《けわ》しさが消えている。

けど、私はこれで勝負に勝った。

売られることと、国外に連れ去られる危険性。その二つが排除できた今、私にとっての危険はほとんどない。そうなれば……もう間近まで来ている彼らに、すべてを任せればいい。

「敵襲！　てきしゅうぅぅぅぅ！」

御者《ぎょしゃ》の叫びと同時に、馬車は急停止する。私は慣性に抗《あらが》えず、つんのめってしまう。

「何⁉　まさか、もう来たか！」

閣下は周囲の様子をうかがい、舌打ちをする。

「くそっ！　いつのまに！　ほら、来い！　さっさと事情を説明してくれ！」

閣下に乱暴に腕を引っ張られて外に出ると、護衛の馬車の一つが横転していた。その様子から、何者かの攻撃を受けたのがわかる。だが、四台の前に立ちはだかっているのは、馬が三頭だけ。

その馬に乗っている面々を見て、私は思わず涙ぐんでしまった。

私の騎士であり護衛でもあるクリストフ。

小さなころからずっと一緒にいるシュザンヌ。

そして、いじわるで軽いけど、実は真面目なクロード殿下。

たった三人で、私を助けに来てくれたのだ。

クリストフ以外は戦闘職種じゃないから、正直なんで来たのか意味不明だけど、それでも嬉しい！　嬉しすぎる！

感慨に浸《ひた》る私に、野暮《やぼ》な閣下は大声でまくしたてる。

「ほら、早く説明するんだ！　このままでは、抗争になってしまう！　早く！」

急《せ》かすモンタンベール閣下。先ほどの約束を果たせと迫ってくる。

そして、彼に応《こた》えるように私も叫ぶ。

そう——最初っから、叫ぶ言葉なんて決まっている。

「みんな！　助けて！　殺される！」

「はぁ!?」

隣で、素《す》っ頓狂《とんきょう》な声を出す閣下。

一方の三人は、私の言葉を聞いて闘志を燃やしてくれたようだ。見るからに、目の色が変わった。

しかも……背中に背負っているオーラが燃えている。まあ、オーラなんて見えないけど。全部、妄想だけども。

「レティシア様を虐《しいた》げたその罪、万死に値《あたい》する！　この場にいる運命を呪え。祈る時間くらいはくれてやろう」

クリストフはそう言うと大きな剣を抜き、大声を上げながら横薙《よこな》ぎにした。大剣が空《くう》を切ると――一拍置いて、すさまじい突風が吹き荒れる。

まさか、剣圧だけでこの威力⁉

そんな突っ込みが間に合わないくらいの速度で、倒れていた馬車がバラバラになり、吹っ飛んでいった。乗っていた人はすでに外に出ており、飛ばされないよう必死にこらえている。そんな面々に、クリストフは肉薄した。

「っ――⁉」

声を出す間もなく、モンタンベール家の護衛らしき人々が、次々と倒れていく。クリストフは目にも留まらぬ速さで、五人の男を戦闘不能にした。

っていうか、クリストフ、なんだその動き⁉

目で追うことすら難しい次元で戦うなんて、クリストフはすでに人という枠組みを超えているのでは？　あれが、元騎士団長か。騎士ってすさまじすぎる！

そんな興奮を抱きながら視線を脇にずらすと、そこではシュザンヌがメイド服の長いスカートをめくり、短剣を取り出していた。

ガーターベルトの一番上に着けられた鞘《さや》とナイフ。一瞬しか見えなかったが、それでもその色っぽさはとんでもない破壊力だった。女の私でも鼻血ものだ。

っていうか、シュザンヌって戦えるの？　そんな場面、一度も見たことないんだけども。

そんなことを思っていると、シュザンヌは地を蹴った。

クリストフほど速くはないが、それでも私では到底出すことのできない速度で駆けていく。地面を這《は》うように駆けるその様《さま》は、まるで風。風が、モンタンベール家の護衛の間を縦横無尽《じゅうおうむじん》にすり抜けていく。

「ぐわっ！」

「うぐぅ！」

「くそっ、速い――」

すれ違い様《ざま》に、護衛達のアキレス腱《けん》を傷つけたらしい。護衛達はその場に崩れ落ちた。

そして、いつのまにか、一台の馬車に乗っていた六人の護衛全員が、地面に伏していた。

「お嬢様に手を出しておいて、このままで済むと思ったら大間違いですからね？」

そう胸を張るシュザンヌ。いや、これ以上は、やりすぎでは……？

どれだけ鬼畜《きちく》なんだと思うものの、あのすさまじい戦い方を見てしまうと、ちょっと怖くて突っ込めない。

その時、私と同じように戦況を見つめていたモンタンベール閣下が、怒りの形相をこちらに向けた。そして私の背後から腕を回し、首を絞めると、反対の手で剣を持った。さらに、その剣を私の喉元《のどもと》に突きつけてくる。ちくりと感じた痛みが、私に命の危機を知らせていた。

「何が協力だ！　ふざけるな！　私を騙《だま》しおって！」

「状況が変われば、その時の最善策も変わるもの。それに、誘拐犯《ゆうかいはん》と被害者が完全な協力関係になれるはずないじゃありませんか？　どこまでおめでたい頭をしているのかしら」

カチンときて、思わず煽《あお》ってしまった。やばい。しかし、後悔しても後の祭り。

「貴様――」

逆上した閣下は、剣を振りかぶり、私めがけて振り下ろした。その時――

「待て！　それ以上やると死罪以上につらい罰が、お前を待っているぞ！」

その言葉で、閣下は剣を止めた。見ると、そこにはクロード殿下が立っている。

彼は心なしか疲れた表情を浮かべ、肩で息をしていた。

「くそっ！　どうして殿下までここにいるんだ！　シャリエール公爵家の問題だろう？　殿下は関係ないではないか！」

「そういう訳にはいかなくてな。いいから手を離せ。今なら、俺からも父上によく言ってやる。だが、もし彼女に――レティシアに傷をつけたら、一生後悔すると思え」

「ぐぬぅ……」

私を捕まえたまま、閣下は苦虫を噛《か》み潰したかのような表情を浮かべる。

葛藤《かっとう》しているのだろう。どうしたら生き残れるか、地位を守れるか。天秤《てんびん》にかけた行動のどちらを選ぶべきか、必死で考えているのがわかる。

「王子とはいえ……ただの若造がぁ……。生意気なことを言って……後悔するだと？　なら、させてもらおうか！　私がただ逃げているだけだと思ったら、大間違いだからなぁ！」

モンタンベール閣下はそう叫ぶと、私を地面に放り投げ、剣を抜いた。そして、そのままクロード殿下に襲いかかる。

っていうか痛い！　レディーはもっと丁寧に扱ってよ！

「来るか――」

殿下は、そう言うと剣を抜いた。

「殿下⁉」

クロード殿下って戦えるの⁉　まあ、王家の人だし、それなりにできるのか？　ただ、おそらくクリストフより弱いだろうし、すこし心配だ。

そう考えた一瞬のうちに、二人は激突する。

剣と剣がぶつかり合い、キィンという硬質な音が響いた。殿下も閣下も、互いに一歩も引かない。すると閣下は力任せに剣を振るいだした。それを器用にいなす殿下だったが、閣下の剣技を突破するほどの技術はないようだ。

しかし、だんだんと閣下の動きは鈍《にぶ》くなっていく。

「くそっ！　どうして、こんなことに！」

悪態をつく閣下に、殿下が怒鳴り返す。

「父上に！　王家に反旗を翻《ひるがえ》そうと企《たくら》むからこうなるのだ！　ましてや、アレンフラールの女神に手を出すなど、同情の余地もなし！」

「その女神の恩恵にあずかろうとしているのはどちらだ！　あさましい‼」

つばぜり合いをし、睨《にら》み合いながら、両者は言葉を交わしていた。

そんな中、殿下が剣を素早く突く。

閣下の足に剣が刺さった途端、彼は体勢を崩し、地面に転がった。そこへ、殿下はすかさず剣を突きつける。互いに動けないところを見ると、勝負はついたのだろう。

「反乱を企《くわだ》て、レティシアを害そうとしたお前に、そこまで言われる筋合いはない。終わりだよ。公爵」

「むぅ……」

悔しげに顔をゆがめる閣下。歯を食いしばり、手を握りしめ……えっ、砂を投げた⁉

「ぐっ――⁉」

砂をかけられた殿下は、目を覆《おお》って後ずさる。閣下はその隙に立ち上がり、剣を振りかぶった。

「綺麗事を言ったって、何も解決しないのだ！　死ね！」

「殿下！」

私は咄嗟《とっさ》に閣下に掴みかかった。閣下は苛立《いらだ》たしげに声を荒らげ、腕を振る。

「邪魔だ！　どけぃ！」

「きゃあぁっ！」

情けなくも、簡単に振り払われてしまう。

再び剣を振りかぶろうとする閣下。振り下ろされれば、いまだ目に手を当てている殿下は殺されてしまう。

嫌、そんなの嫌っ！

わたしのせいで、殿下が殺されるなんて――

私はとにかく必死に手を伸ばした。

そして咄嗟《とっさ》に、無意識に近い状態で魔法を使う。私が使える唯一の魔法——水魔法を。

「殿下っ！」

閣下に触れた瞬間に、私は彼からこれでもかと水を引き抜いた。それこそ、干からびるんじゃないかってくらいに。

すると、閣下は地面に崩れ落ちた。極度の脱水症状に陥《おちい》ったのだろう。私も同じく膝をついてしまう。

ようやく、殿下は目を開けられたらしく、こっちを見つめている。

「まさか……レティシアが？」

そう呟《つぶや》き、殿下は私に駆け寄ってくる。そして、私の前に跪《ひざまず》いて、そっと手を出してくれた。

「ありがとう……。助けに来たつもりが、逆に助けられてしまったな」

「……殿下」

「怖かったろ？　もう大丈夫だ。さぁ、帰ろう」

「うんっ——」

途端に訪れる安心感。

あぁ、もう大丈夫なんだなぁ。そう思ったら、いきなり涙が溢《あふ》れてきた。

きっと私の顔はくしゃくしゃで、ひどいことになっているんだろう。だから……その顔を隠すためには仕方ない。

心の中でそんな言い訳をしながら、私はクロード殿下の胸に飛び込んだ。

レティシア・シャリエール誘拐《ゆうかい》事件は、私が帰宅したことにより、収束を迎えた。

そういえば、助けに来てくれたのは、当然三人だけではなかったようだ。シャリエール家が抱えている戦力の一部が一緒に捜索していたのだが、三人のあまりの速さについていけなかったらしい。どれだけ本気出したんだよ、三人とも。

モンタンベール公爵閣下は貴族令嬢を誘拐《ゆうかい》した罪で、牢屋《ろうや》に入れられている。判決は後々言い渡されるという。

そうそう。本宅で倒れていたメイドのみんなは、ただ眠らされていただけで、怪我などはなかった。

胸を撫《な》で下ろしつつ、私はお茶に集中していた。そう、今は、お茶の味に集中しないと、なかなか厳しい状況なのだ。

なぜなら、目の前にクロード殿下がいるから。

あの誘拐《ゆうかい》事件から数日。元々、怪我はしていなかったが、事件のショックもあるだろうと私はすこしばかり休んでいた。そして、今日、お見舞いという形で殿下が顔を出したのだ。

この間はつい抱きついてしまったけど、改めて顔を合わせると照れくさい。何を話していいかわからず、黙り込んでしまう。

殿下は、そんな私の様子には気づいていないのか、ゆったりとした仕草でお茶を飲み、いつも通りシュザンヌやクリストフと話していた。そんな殿下を、じっと見つめる。

「なんだか、今日のレティシアは静かだな」

「え!? そんなこと、ありませんわ、ほほほ」

突然話しかけてくるものだから、つい動揺してしまった。いつも通りでいいんだ、私。そう、いつも通りで！

「体はもういいのか？」

「はい、怪我は元々ありませんでしたし。それよりも、殿下はいかがですか？」

「俺も別に大丈夫だ。戦うのはそんなに得意じゃないが、公爵も同じようなものだったからな」

「それはよかったです」

話しながら目が合うと、恥ずかしくなって頬が火照《ほて》る。っていうか、こんなのまるで恋する乙女じゃない！ そんなんじゃないよ！ ただ、照れくさいだけなんだからね！

一生懸命自分に言い聞かせながら、ゆっくりと深呼吸をした。

「そういえば気になったのだが……救出した時、レティシア達はどうして屋敷に逆戻りしていたのだ？ それもあんなにゆっくりと」

「あれですか？ あれは、閣下にお願いしたんですよ。国外に逃亡しないで交渉しようと。私の説得に応じてくれた閣下は、戻る決心をしてくれたのです」

まあ、間違ったことは言っていない。あの場では、それが真実だ。

「お願い？ どんなお願いか、とてもじゃないが想像したくないな。どうせ、お前に利のある取引を、そうとわからないように持ちかけたんだろ？」

「失礼な！　そんなことありません。互いに利益のあるものでしたよ？　まあ、三人が来てくれた瞬間に、すべて反故《ほご》にしてしまいましたが」

「ひどいやつだな、お前は」

「まぁ。誘拐《ゆうかい》されたのですから、それくらいはいいじゃありませんか。生き残るための知恵というものですよ」

しれっと言うと、クロード殿下は楽しそうに破顔した。

「ははっ、まあそうだな。またこうして話ができるのは、俺も嬉しい」

「う、嬉しい――」

思わぬ言葉に、また私はオーバーヒート寸前だ。やめてくれ、ほんとに心臓に悪いから！

「ま、まあ……私もうちの家の者が助けに来てくれるとわかっていなければ、冷静ではいられなかったですけどね」

「わかっていただと？」

「はい。空を鷹《たか》が飛んでおりました。あれは、シャリエール家の偵察用の鷹《たか》ですから。それを見て、私は冷静でいられたのです」

「そうだったのか……」

「ですが、助けに来てくれて、本当に嬉しかったです。……ありがとうございました、殿下」

そういえば、お礼を言っていなかったと思い、恥ずかしいけど精一杯感謝を込めてお礼を言った。

すると、殿下はそっぽを向いて、険《けわ》しい表情を浮かべる。なんだい、せっかく素直にお礼を言ったのに。怖い顔して。

私だって、恥ずかしさをこらえて頑張ったんだから。もう。ちょっぴり腹が立つが、私達の日常らしい一コマだ。

こんな時間がずっと続けばいいのにな。そう思うけど、いろいろと問題は残っている。

まだ婚約破棄は成立していない。モンタンベール家が失脚したとはいえ、内乱の危険性は消えていない。この問題が解決しないと、心置きなくぐーたらできないじゃないか！

そんなことを考えていると、何やら一階が騒がしくなってきた。

「何事だ？」

眉根を寄せる殿下に、私は首を横に振る。

「存じません。シュザンヌ、ちょっと様子を見てきてくれるかしら？」

「はい、お嬢様」

そう言って、シュザンヌはすぐさま一階に下りた。

間もなく、シュザンヌはドニと共に戻ってくる。ドニの表情を見て、何かあったのだと察した。

誘拐《ゆうかい》事件があったばかりなのに……、すこしは放っておいてほしいんだけどな。

愚痴《ぐち》っぽいことを考えていると、ドニは私に書簡を手渡した。それには、何度か見たことのある、王家の封蝋《ふうろう》がついている。

「王家からの手紙？　殿下、何か知っているかしら？」

「いや、わからない」

殿下が首を横に振ると同時に、ドニが口を開く。

「早馬でこちらに送られてきたものです。すぐに中を見たほうがよろしいかと」

「わかったわ、ドニ。ナイフをちょうだい」

私はナイフを受け取り、手紙の封を丁寧に切る。そして手紙を開けると、そこには信じられないことが書いてあった。

『王都で原因不明の疫病《えきびょう》が蔓延《まんえん》。至急、アレンフラールの女神であるレティシア・シャリエール嬢のご助力を求む』

「何よこれ……」

私が手紙を机に置くと、クロード殿下もそれを読み、目を見開いた。

私は内心、パニック状態だ。

何よこれ！　お父様は⁉　お母様や弟は⁉　アンナ様達は無事なの⁉　何が起こってるのよ！

ここにいる面々も、みんな、眉をひそめるだけ。

誰も何も知らないのだ。

第六章　アレンフラールの女神

「私は反対です！　わざわざお嬢様が危険な王都に行くなど！」

怒気をあらわにしているのはシュザンヌだ。彼女に対し、クリストフが首を横に振る。

「しかし、これは王城からの要請。簡単に断れるものではない」

「なら、クリストフ様！　あなたは、お嬢様が病《やまい》に倒れてもいいと言うの⁉」

「それは……」

シュザンヌに詰め寄られ、クリストフは困った表情を浮かべている。

そこで口を開いたのはドニだ。

「私は、お嬢様にもしできることがあるのなら、行ったほうがいいと思いますがね」

「ドニ⁉」

ドニの発言に、シュザンヌは目を見開いて驚く。

「確かに、お嬢様は多くの人を救えるかもしれません。けれど、お嬢様が疫病《えきびょう》にかかってしまったら？　そんなの、私には耐えられない！」

「シュザンヌ……」

三人は、私が王都に行くか行かないかで揉《も》めている。

王家の封蝋《ふうろう》がついていたけど、あの手紙は妙な点が多い。差出人の名がなく、王城からの手紙だというのに使者さえ伴《ともな》っていない。王家からの便りが届く時、普通ならば、内容を伝えた上で、相手の返答を聞く使者が来るはずなのだ。

つまり、この手紙が偽物であるか、もしくは、王都が使者さえ送れないほど切迫した状況なのかのどちらかだ。

王都在住のクロード殿下が何か知っているかと思いきや、彼はここ最近は地方で諜報《ちょうほう》活動をしていて、王都に戻っていないらしい。数日前、王都への帰還途中にシャリエール公爵領に寄ったら、私が誘拐《ゆうかい》されていて、今に至ると。その間、王都から情報は入っていないという。

情報がなく判断がつかない限り、王都に行って確かめなければならない。

仮に、もし王都で疫病《えきびょう》が蔓延《まんえん》していたとして——私はどうする？

私が行って、何ができるというのだろうか。

そもそもこの世界では、病気は治癒《ちゆ》術師が治している。

王都は治癒《ちゆ》術師が集まっている。有力貴族達が召し抱えている治癒《ちゆ》術師がたくさんいるはずだ。

当然、王城にも。なら、なぜ、王城からこんな手紙が？

やっぱり、手紙の内容は嘘？　それとも治癒《ちゆ》術師でも治せないということ……？

どっち？　こうして悩んでいる間にも、もしかしたらお父様やお母様やミシェルが苦しんでいるかもしれない。

最悪の事態を想像すると、ふらりとめまいがした。そんな私を殿下がそっと支えてくれる。

「この封蝋《ふうろう》は間違いなく王家のものだ。だとしたら、王都がなかなかまずい状況に陥《おちい》っていることは間違いない。レティシアが女神から天啓を受けていると、二人は知っているからな」

レティシアが女神の力を借りたいということは、パトリスか父上が絡んでいるのだろう。

殿下がそう言うと、シュザンヌはハッとして彼に詰め寄る。

「クロード殿下は、いかがお考えですか？　お嬢様を召集するなど、国王陛下は何を考えていらっしゃるのか！」

「王家には、専属の治癒《ちゆ》術師がいる。だから、本来ならば王都に流行《はや》り病《やまい》が蔓延《まんえん》することはないはずなんだが……」

「では、殿下。つまり、治癒《ちゆ》術が効かない流行《はや》り病《やまい》が発生したということですか？」

「……そうかもしれない」

クロード殿下は頷《うなず》き、私を改めて見た。

「なぁ、レティシア。お前はどう思ってるんだ？　行きたいのか？　行きたくないのか？」

ここでようやく、私に話が回ってきた。

周りがなんと言おうと、私がどうしたいかが一番重要だ。しかし、私の心は決まっていない。行くか、行かないか——揺れている。

もしも自分にできることがあるなら、行きたい。家族のことも心配だ。

しかし、その気持ちを邪魔するのが、貴族としての責務と、恐怖心。

治癒《ちゆ》術が効かない流行《はや》り病《やまい》。前世の知識でも治療不可能な感染症はいくつかあった。もし王都で蔓延《まんえん》している感染症が、それだったら？　そう思うと足がすくむ。

そして、家族が病《やまい》にかかり……もしみんなが命を落としてしまうとしたら、私まで王都に行って、命を危険にさらす訳にはいかない。公爵家の一員として、領民を守る義務がある。

私は殿下の質問に答えられなかった。

目を合わせていることができず、思わず逸《そ》らしてしまう。

自分ならば、もしかしたら何かできるかもしれない。一方で、どうせ自分なんかじゃ、というあきらめにも似た感情も抱く。

あぁ、どうしたらいいんだろう。何が……、正しいのだろう。

私が俯《うつむ》いていると、殿下はそっと跪《ひざまず》いた。

「殿下……何を？」

「レティシア」

じっと私を見つめる殿下の瞳は潤《うる》んでいる。

いつになく真剣な表情に、おもわず胸がどきりとする。

クロード殿下は私に向かって右手を差し出すと、優しく……それでいてとてもよく通る声で、信じられない言葉を紡《つむ》いだ。

「俺と逃げよう、レティシア。この国の外へ……一緒に」

それはまるで、愛の告白のよう。王子として常識外れなことを言う殿下が、信じられない。そしてこんな非常事態であるにもかかわらず、鼓動の音が鳴りやまない。

「な、何を言ってるの!?　こんな時に！」

「こんな時だからだ。レティシア。俺は、君を愛している。すべてを見透《みす》かすその瞳を、国の未来を憂《うれ》いていた君の高潔な魂《たましい》を、そして、家族や民《たみ》のために胸を痛めるその優しさを……。だからこそ、アレンフラールの女神と呼ばれる君じゃなく、レティシア・シャリエールとしての君を連れていきたい。国を救う天上の人ではなく、傷つき迷う、ただの女性としての君を、守りたいんだ」

――こんなにまっすぐ誰かから思いを告げられたことなど、今まで一度もなかった。

前世では恋人がいたけど、こんな真剣な感情をぶつけられたことなんてない。

私は鼓動を必死で抑え込もうと、深く呼吸をした。

そして考える。目の前の男性を見つめながら。

クロード殿下は、見た目や口調とは裏腹に、とても誠実な人だと思う。

国を思い、家族を思う。その表現方法は不器用だけど、素直に好感が持てる人だ。

学生でありながら陛下から仕事を任され、誰も気づかなかった私の企《たくら》みを看破したこともある。

とても有能なのだろう。

外見も、正直かっこいい。

そんなクロード殿下が私と一緒に来てほしいと言ってる。

――これってやっぱり、その、あれだよね？　プロポーズだよね？　一緒に国外に逃げよう!?

何その映画みたいなシチュエーション！　現実に起こるとか、信じられない。

そんなことを考えていると、クリストフがゆっくり言葉を紡《つむ》いだ。

「そんなことは認められませんよ、クロード殿下」

「何？」

殿下に鋭《するど》い視線を向けながらも、クリストフは続ける。

「他国へ逃げるなどと。この方を守る騎士として、断固として受け入れられませんね」

「お前が決めることか？　何より、レティシアを守るなら、王都に連れていくべきじゃない。それがわからないか？」

殿下もクリストフを負けじと睨《にら》みつける。まさに一触即発《いっしょくそくはつ》といった雰囲気だ。

「私が守るのはレティシア様の生き方そのもの。我《わ》が主《あるじ》が望む場所に付き従い、そして、主《あるじ》の行く先に立ちふさがる敵をうち滅《ほろ》ぼすのが、私の役目です。単に命だけではない。かつてレティシア様は、命を失う危険を冒《おか》してまで、私を助けてくれました。その崇高な魂《たましい》を汚《けが》す真似などできるはずもない」

「はっ。結局、金魚の糞ってことか！　それよりお前の意見なんか聞いていないんだよ。さぁ、レティシア。俺の手を取ってくれ。頼む」

「レティシア様」

迫るクロード殿下と、後ろからそっと私の肩に手を置くクリストフ。

っていうか、二人とも無駄にイケメンだし、さっきから恥ずかしい台詞《せりふ》を言いすぎじゃない!?

しかし、バチバチとやり合っているクロード殿下とクリストフの様子を見ていて、すこし落ちついてきた。

そういえば、アンナ様はクロード殿下も乙女ゲームの攻略対象で、彼を攻略すると辺境に移り住んで幸せに暮らす結末になると言っていた。クロード殿下が言う通りにすると、そのクロード殿下ルートをたどるんじゃないかな？

確かに、クロード殿下はいい奴だし、かっこいいし、きっと素敵な生活を送れるだろう。でも、そんなの受け入れられない。そんなの嫌だと叫ぶ自分がいるのだ。

それが、きっと私の正直な気持ち。私の答えだ。

「クロード殿下、ごめんなさい」

「何？」

「殿下と一緒には行けない。私が行くのは、王都です」

その言葉に、クロード殿下のみならずシュザンヌも驚いたのだろう。彼女は「お嬢様っ⁉」と叫ぶ。

「クロード殿下が言ってくれたこと、とても嬉しかったです。あんな風に情熱的に人から思われたことはなかったから。だけど、私はやっぱり家族を置いてはいけないし、王都に住む人々に何かができるならやりたい。それが私の答え。……ごめんね。クロード殿下から言われて、やっと気づけたみたい。だから、一緒には行けない」

「お前……」

周りを見ると、クリストフは、どこか誇らしげな表情を浮かべている。ドニはうんうんと頷《うなず》いた。シュザンヌは今にも泣きそうに顔をゆがめている。

「シュザンヌ……」

「お嬢様……」

私はシュザンヌににこりとほほ笑みかけると、振り返って再びクロード殿下に視線を向けた。そこには、シュザンヌと同じように、悲しみに染まった彼の姿が——あれ？　ない。

むしろ、なんだろう……にやにやと、楽しげに口角を上げている。

あれ？　私、プロポーズを断ったんだよね？　なんでそんなに嬉しそうなの⁉　おかしいだろ！

「ははっ、それでこそレティシアだ！　芝居を打った甲斐《かい》があった！」

「なっ！」

あれだけ熱の入ったプロポーズがお芝居だってぇ⁉　嘘でしょ⁉　あのドキドキを返せ！　純情を汚した罪は重いのよ！

「ひどい！」

「でも、腹は決まったろ？」

その言葉に、今度こそ、私の胸は痛む。

なんだよ。迷ってる私の背中を押すために、芝居を打ってくれるなんて。ずるいよ。かっこいいじゃん。でも、手段が悪い。そんなクロード殿下には——

「目つぶし！」

「げふぅ⁉」

前回に比べて十倍増しくらいの強さで、目つぶしをしてやった！

どうだ！　これでも気がおさまらないから、機会があったらまたやろう。痛みで涙を流すクロード殿下を、私は鼻で笑いながら見下ろした。

「ふんっ。それでも足りないくらいですからね。でも……助かりました。……ありがと」

「よし。心の準備はできたか？　では、行くぞ！」

「は！」

殿下の声に、クリストフが応じる。

殿下を見ると、もう部屋から飛び出すところだった。クリストフは元々が護衛中である。装備は整っていた。

すると、なぜだかドニが旅支度を整えた鞄《かばん》を殿下に投げて、互いに視線でやりとりをしている。

「ドニさん⁉　どうして――⁉」

うろたえるシュザンヌに声をかける。

「シュザンヌ、ごめんね。私、行ってくるから」

「待って――レティ――」

懐《なつ》かしい呼び名。十数年ぶりにシュザンヌに呼ばれて、私は思わず顔をほころばせた。

「心配しないで！　帰ってくるから！」

私は、ドニとシュザンヌを執務室に置き去りにして、殿下とクリストフの背中を追う。

そして、なぜだか用意されていた馬に跨《またが》ると、そのまま王都までひた走った。

あ、当然二人乗りです。私、一人じゃ乗れません。

◆

私、アンナ・マケールがレティシア様に前世の記憶を持っていると見破られてから、一週間ほどが経った。

あの時、私が聖女としてやるべきいくつかのことを教えてもらった。それは、前世ではとても馴《な》染《じ》みの深いものばかりだった。むしろ今まで、この世界にないことに疑問を抱かなかったのがおかしいくらい。

それは、手洗いの励行、マスクや手袋、ガウンの普及活動、消毒薬の開発など……。つまり、感染症対策についての基礎知識や公衆衛生についての啓蒙《けいもう》活動だ。

レティシア様は、これらを行《おこな》うことで、この国の乳幼児を中心とした死亡率が低下し、長期的に見て国が栄《さか》えるだろうと言っていた。当然、その間に食料難やその他の問題が起きうるので、国からの支援が必要だとは言われたけれど。

レティシア様はそれらを、古文書により知ったという。

そして、彼女の言うとおりにすれば、私は聖女というポジションを得られるらしいのだけど……

こんなことで聖女と呼ばれるようになるのかしら？

もともとこのゲーム世界の主人公はアンナ・マケールである私。

だとすれば、聖女と呼ばれること自体はおかしくない。そういえば、ゲームのエンディングではディオン殿下も言ってたもんね。『アンナはこのアレンフラールの中で一番美しい。俺にとっての聖女だ』って！　きゃっ！　なんて素敵な言葉！

でも、そう言われるために必要なのが、えっと、感染症対策や公衆衛生？　本当に？　それよりも、私の強力な魔法で何かをしたほうがいいんじゃないだろうか。

半信半疑だけど、私はレティシア様が持っているという古文書に書かれていることを、とりあえずやってみることにした。

やって損はないことだと思うし。うん。

……と思ったものの、私はそれらをどのように実践《じっせん》していいかも、損をしない方法もわからなかった。そこで、ディオン殿下に相談してみることにした。

王城のテラスの一角。度々、殿下とお茶をしていたそこで、私は話を切り出した。

「あの、ディオン殿下」

「……ああ」

「いえ、その、お話があるのですが……」

「ん？　ああ、すまない。なんの話かな？」

「はい。実は――」

なんだか上の空なディオン殿下だったけど、とりあえず、私はレティシア様から言われたことを話した。当然、前世の記憶とか、古文書の話は口止めされていたので、それらは隠して。

話していると、ディオン殿下はだんだん前のめりになってきて、興味の強さをうかがわせた。

「――という訳です。ですから我《わ》がマケール男爵領でそういった感染症対策用品を売りたいのですけれど、これって領にとって利益になることなのでしょうか？　私は商売にうとい上に、あまり浸透していない考えなので、不安もありまして」

「そうだな……それをレティシア嬢が言ったのか？　そして、聖女としてやれと？」

「はい。ディオン殿下はどう思われますか？　私はやってもいいかな、と思っているのですが……」

「アンナ……君は」

「なんですか？」

「君はレティシア嬢を憎《にく》んでないのか？　いじめられて過ごした貴族院生活は、つらかっただろう？　なぜ、それがいきなり――」

ディオン殿下は、優しげな視線で私を見つめ、そしてそっと手を取ってくれた。

いじめは、レティシア様が内乱を避けるためにやっていたことだと聞いた。

そもそも彼女はフォローもしてくれていたから、大してつらくなかった。私はメインストーリーの通りに行動しただけで、理由があるなら別にどうということでもない。

まあ、悪役令嬢だなんて詐欺《さぎ》だ！　とは、声を大にして言いたいけれども。

「私は先日レティシア様と話して、いろいろと聞きましたから。あの行動にも、きっと意味があったのです。今は、大丈夫ですよ？　こうして殿下がそばにいてくださるのですから」

「アンナ……そうか」

ディオン殿下は大きく頷《うなず》くと、私の両手を握り、これでもかと顔を近づけてきた。

えっ、やばい！　そんなに近くに来ちゃうと恥ずかしい！　顔が綺麗すぎて直視できないわ、殿下！　ゲームそのままの容姿は心臓に悪い！

「なら、やろう」

「え？」

「その感染症対策とやらを、マケール男爵家主導、王家の後援で、大々的に国に普及させるんだ。なぜこれで人口が増加するのかは、私にはわからない。だが、あのレティシア嬢——父上達がアレンフラールの女神と呼ぶ彼女の言うことなら、信じてみてもいいのかもしれない」

思った以上にやる気な殿下に、すこし驚く。彼は笑みを浮かべて言葉を続けた。

「実はな、彼女は俺を裏切った訳ではなかった。けれど、彼女の一番大事なものは俺ではなく、国と民《たみ》だったのだ。それを知ってから、俺はこれからどうしていいかわからなかったんだ。しかし、レティシア嬢がそう言うのだから、きっと国のためになるのだろう。今は言いなりの俺だが、いつかはきっと民《たみ》を、国を導いてみせる。だから、アンナ。まずは君がやろうとしていることに協力させてほしい」

私はディオン殿下の言葉に笑顔で頷《うなず》き、さっそく実家と連絡を取ったのだった。

さらに約一か月後。

巷《ちまた》では、急速に感染症対策用品が普及している。王家が主導となって宣伝してくれているからなのだけど、きっかけとなったのは王都で発生した疫病《えきびょう》だ。

体の痛みを伴《ともな》う、高熱にかかる病《やまい》らしい。

市井《しせい》の者達の中には、命を落とした者もいるという。

マケール男爵家の感染症対策用品は、貴族の間ではかなり普及しているが、平民にはあまり浸透していない。平民にも買える金額にするのは難しかったのだ。

疫病《えきびょう》による死者発生の知らせを聞き、私は愕然《がくぜん》とした。

「どうすれば!? このままじゃ……マケール家の事業は失敗です」

そんな私を、殿下はそっと支えてくれる。

「アンナ。確かに苦情はあるだろう。しかし、これ以外にいい手がある訳でもない。命食らいや雨季の流行《はや》り病《やまい》は、手洗いをして、このマスクなる物をつければ防げることがわかっているんだろう？ ならば、この疫病《えきびょう》もきっと！」

殿下の言葉に勇気づけられ、私はその後も普及活動を続けた。

だが、とうとう、貴族の中にも疫病《えきびょう》にかかる者が出はじめた。その報告を受けて、私は血の気が引く思いだった。

マケール男爵家は貴族とはいえ、権力も財力もあまりない。

特に力を持たない貴族が、王家の支援を受けて感染症対策用品で利益を得ている状態である。それが気に入らない貴族も当然いるだろう。もしも、疫病《えきびょう》を食い止められなかったと非難を受けたら、マケール男爵家は潰されるかもしれない。

なぜなら、いまだにディオン殿下との婚約は成立せず、後ろ盾は何もないようなものだから。

あの貴族院の卒業の時から薄々感じていたけれど、この世界はもしかしたらゲームのシナリオ通りに進んでいないのかもしれない。

限りなくゲームに近い現実。つまり、私がディオン殿下と結婚して、アレンフラールを繁栄に導き、幸せになるには、相応の努力が必要なのでは？

そんな当たり前のことに、私は今さらながら気がついた。遅すぎた気づきに、私は悲しくなり、涙がこぼれる。

もし、これが私じゃなくレティシア様だったら、もっとうまくやったのかな？

こんなに疫病《えきびょう》が広まらなかったのかな？　私じゃダメだったのかな？

――幸せにはなれないのかな？

私の前世に、あまりいい思い出はなかった。特に楽しいこともなく、友達もいなかった。中学校に入ったころから人付き合いが苦手になり、ゲームにのめり込んだ。もちろん、ゲームをやっている間は楽しかったけど、幸せだなんて思えなかった。現実から逃げて、ゲームという妄想に逃げ込んでいたから。

転生先がゲームの世界だと気がついた時は歓喜したけど……ここでもうまくいかなかったんだな。

今度こそ幸せになれるって思ったのに。今度こそは……

絶望に打ちひしがれていたその時、侍女が私の部屋に飛び込んできて叫んだ。

「アンナお嬢様！　レティシア・シャリエール様からの急な知らせでございます！　急ぎ、王城に来てほしいとのこと！　なんでも、疫病《えきびょう》について話があるそうです！」

嘘⁉　レティシア様はシャリエール公爵領にいるはずじゃないの⁉　なぜ、王城に……もしかして、疫病《えきびょう》が蔓延《まんえん》するこの王都に来ている⁉

そんな疑問を抱きつつ、私はマスクをつけて外に飛び出した。

私を引き留める声が聞こえるが、関係ない！

外は雨。ドレスが泥だらけになることにも、構っていられなかった。とにかく、レティシア様に会いたかったのだ。

どうすればいいの⁉　私はどうすれば！

私の秘密を知る唯一の人物に会いたくて、私はひたすら走った。こんなに走ったのは、前世の高校生時代の持久走以来だ。

ようやく王城に着こうという時、私は転んでしまった。全身がぐしゃぐしゃに汚れ、貴族らしからぬ恰好だろう。それでも、立ち上がる。あの方に、どうしてもお会いしたかったのだ。

立っているだけで光り輝く、あの方に。

思わず目をそむけたくなるくらいに神々《こうごう》しいあの方に。

レティシア様は私を聖女だと言うけれど、それはきっとすこしだけ違う。

私がもし聖女になれるとしたら、それは私を照らす太陽があるおかげ。

アレンフラールに舞い降りし女神が、私に光を与えてくれるおかげ。

私は、レティシア様と前世の話をした日――初めて誰かのために頑張ろうと思えたのだ。

◆

私、レティシアとクロード殿下を乗せた馬が、風を切って駆けていく。

リズムよく刻まれる軽快な足音とは裏腹に、馬上での時間は苛烈《かれつ》を極めた。

私は今まで、馬に直接乗ったことなどなかったし、移動は馬車が基本である。そんな私がいきなり馬に乗ったらどうなるか――それは、想像を絶するつらさだった。

なんだか体勢は安定しないし、滑って簡単に落ちそうになる。体重を支えるのがお尻だけだから、衝撃がすごくて、馬が跳ねるたびに私も跳ねる。

なんだこれ。四六時中お尻を叩かれ続けているみたいだ。そりゃね、いくら私が行くって言ってもこれはないでしょ。このままじゃ、確実にお尻が腫《は》れる。いや、すでに腫《は》れている！　このままじゃお尻が腫《は》れすぎて、ドレスの下にパニエいらないし！　お尻がパニエ状態って、そんなのあるか！

そんなことを思いながら、私は必死でクロード殿下にしがみついていた。

「いだい！　いだい！　いだい！　いだいっ！　いだいいいいぃぃぃぃぃ！」

「あのなぁ、レティシア。さっきから言ってるだろ？　痛いなら休むかって。馬の蹄《ひづめ》が地面につくたびにそんなことを言われたら、さすがに俺だって心配になるんだが」

「いいの！　だって！　痛いけど！　それよりも！　早く！　王都に行きたい、からぁ！　いだ

い！　いだい！」

「なら、背中でずっと叫ぶのはやめろって。気が滅入《めい》る」

「声出さないと余計痛いんだからね！　馬に慣れてるクロード殿下とは違うのよ！　このままじゃお尻がパニエよ！　滅入《めい》るのはこっちよ！」

「あぁ、うるさい！　くそっ！　こうなったらもっと飛ばすぞ!?　こんなの聞くくらいなら、馬も俺も無理して時間短縮してやる！　さぁ、行け！」

「あぁ！　やめてっ！　これ以上！　はげしっ！　あぁ、死んじゃうからあぁぁぁぁぁぁ！」

そんなこんなで大騒ぎしながらも、私は頑張ったのだ。

もし家族が疫病《えきびょう》にかかっていたとしたら。そう考えると、のんきに休んでいることなんてできない。

治癒《ちゆ》術が効かない疫病《えきびょう》。最悪のケースが考えられる。

だから、私は急がなきゃいけない。私の前世の知識がすこしでも役に立つのなら。

その思いだけが、私を支えている。特に、私のお尻を支えているのだ。

もし、このまま何もやらずに――最大限の努力をしないまま家族を失ったなら、私は自分を許せないだろう。やれることは、すべてやりたい。

そうして結局、ほぼ丸一日馬で走りとおし、王都に到着した。

馬を潰さないために途中で取り換えたりもしたのだが、当然、乗っている私もクロード殿下も替えはきかない。さすがのクロード殿下も軽口を叩く余裕がないのか、後半はほぼ無言だった。

私はというと、お尻の痛みが頭にまで響いてきたけど、パニエにはギリギリなっていない。うん、真っ赤に腫《は》れて、お猿さんみたいなのは、セーフだと思いたい。

淑女《しゅくじょ》の鑑《かがみ》よ、どこへ行った。

「やっと着いたわね……はぁ、二度とこんなのやりたくない！　早く、ぐーたらしたい！」

嘆《なげ》き喚《わめ》く私に、クロード殿下は苦笑する。

「まだ、それだけしゃべれるなら大丈夫だな。まずは王都がどんな状況か把握しないと……」

情報も集まってるだろうからな。まずは王都がどんな状況か把握しないと……」

「うん……けど、あんまりいい感じじゃないみたい。いつもより、街の人が少ないわ」

今歩いているのは、平民達が住んでいる界隈《かいわい》だ。表門から貴族達が住む地域までは、それなりに距離がある。

今まで街を出入りする時にこの場所を通ったこともあるのだが、記憶にある光景と目の前の景色はかなりかけ離れている。明らかに、人影が少ない。

「っていうことは、疫病《えきびょう》が蔓延《まんえん》してて出歩けないってことか」

「そういうこと。ちょっと、このあたりの治療院を知らない？　すこし様子を見てみたくて」

「平民街のか？」

「うん。お願い」

すると、殿下もクリストフも顔をゆがめた。

「えっと、嫌なの？」

「そういう訳じゃないんだが……あまりおすすめしない。今は疫病《えきびょう》も蔓延《まんえん》している訳だしな」

やんわり回避しようとする殿下。しかし、彼の言うことはわかった上で、言っているのだ。

「けど、現状を知らないと、対策も立てられないでしょ？　なら見たほうがいいと思うの。えっと、治療院はあっち？」

「そうですが……普段と違うということは、危険もあるということなのですよ」

クリストフの苦言を華麗にスルーし、私は歩き出した。

そして向かった治療院の状況は、ひどいものだった。

一見普通の民家だが、中を覗き込んだ瞬間に、むせるような臭いが鼻を突いた。暗く、狭く、汚い。お世辞にも居心地がいいとは言えない。そこでは、せわしなく動いている一人の医者がいた。

医者は私達の存在に気づくも、手を止めることはなかった。

その医者——もとい治癒《ちゆ》術師が相対するのは、患者達だ。みんな、床に寝かされていて、一人ひとりに治癒《ちゆ》術を使っている。体力を回復させているのだろう。今はそれを繰り返しているだけ。

顔色が悪かった人も、治癒《ちゆ》術を施《ほどこ》されると幾分顔色がよくなる。

しかし、疫病《えきびょう》が治らないのであれば、きっとまた悪くなっていくのだろう。部屋の横には、疫病《えきびょう》で亡くなったらしい人達が横たわっていた。ところどころ、皮膚が黒くなっている。

院内を見つめていると、そっと肩に手を添えられた。振り向いたら、クロード殿下が神妙な顔をして立っていた。

「行くぞ」

「……うん」

私は、必死に治療を行《おこな》う治癒《ちゆ》術師を改めて見てから、そっと手を合わせる。亡くなった人達のことを思いながら、私はその場を去った。


治療院を出た後、予定通り、王都にあるシャリエール家の別邸に向かった。その間、私達は黙っていた。私は単に、考え事をしていたのだ。家族のことを——自分のしてきた過《あやま》ちを。

私はずっと公爵令嬢として生きてきた。

宰相であるお父様に恥じないよう、勉強も礼儀作法も社交も、どれも人より優れるように励んだ。その延長として、内乱が起こらないように頑張ってきたのだし、自分の意思を押し殺して生きてきた。

だからだろう。私は、娘として、姉として——家族と関わってこなかったような気がするのだ。それは、前世の記憶を取り戻してから強く思ったことだった。

前世の私は、もっと家族のことを考えていたし、自分の気持ちをちゃんと伝えていた。そのせいで家族と喧嘩することもあったけど、今よりは近かった。家族であるはずなのに、シャリエール家の人達との距離がとても遠いことを、なぜだか今、強く感じていたのだ。

特に、弟には可哀想なことをしたと思う。

弟のミシェルは二つ下で、私と入れ替わりで貴族院に入った。春までは王都の別邸で一緒に住んでいたのだ。けれど、ミシェルとはここ数年、ほとんど話をしていない。

ミシェルも年頃だから、姉に反発したかったのだろう。何を話しかけても、そっぽを向くばかり。そんな弟に、私もへそを曲げて、ついには声もかけなくなっていた。ディオン殿下との婚約破棄のために奔走《ほんそう》していたころは、余計にだ。

そうしてだんだん私達の距離は遠くなってしまった。

それでも、心に残るのは可愛いミシェルの笑顔。

また、あの笑顔を見られたら……。そんなことを強く思いつつ、私は、シャリエール家別宅の扉を開けた。

前触れもなく帰った私に、使用人達は驚きながらも笑顔を向けてくれる。

「お、おかえりなさいませ！」

「あら、まあ！　おかえりなさいませ、お嬢様！」

半年ほど前まで生活していた家だ。なんだか懐《なつ》かしくなり、私の顔は綻《ほころ》んだ。

「陛下に呼ばれて来たのよ。王都が大変なことになっていると聞いたけど、こちらは大丈夫？」

「あの、それは……」

言いよどむ使用人。それを見た瞬間、私の心がざわりとした。

「何か、あったの？」

私は咄嗟《とっさ》に使用人の肩を掴んだ。

「あなた、何を知ってるの？　教えてちょうだい！　お父様やお母様は無事なの!?」

「おい、レティシア。そんなに矢継《やつ》ぎ早《ばや》に聞いても、答えられない」

落ちついた声で言うのは、クロード殿下だ。

「でもっ、でも！」

「おやめください。彼女も怖がっています」

私と使用人の間に入ってくれたのはクリストフ。

殿下は、優しい目を私に向けながら、そっと私の手を解いた。前を見ると、使用人は青ざめている。怯《おび》えさせるほどの剣幕だったと、今さらながら気づいた。

「あ、ご……ごめんなさい。とりあえず、お母様はいるかしら？　とにかく、みんなのことを聞きたくて」

「はい。こちらでございます」

促《うなが》されるままについていく。お母様は居間にいた。なぜだか、着古したワンピースドレスを纏《まと》っている。心なしか顔色が悪く、表情は疲労に満ちていた。

私がそっと近づくと、ふと目が合った。

その瞬間、お母様は口元を押さえて立ち上がる。お母様の目には涙が浮かんでいた。

「レティシア……」

「お母様……。戻りました。一体何が――ぇ!?」

問いかけようとした刹那《せつな》、お母様は私に抱き着く。そして嗚咽《おえつ》を漏《も》らしだした。溜め込んでいた何かが溢《あふ》れ出したような、そんな泣き声だった。

「お母様……」

「ごめんなさいね。こんな姿を見せてしまって……あなたは殿下とのお話も破談になってつらいというのに……本当に、ごめんなさい」

「大丈夫ですわ、お母様。それよりもどうしたのですか？　お母様がこれほどまでに取り乱すなど、よっぽどのことでしょう」

私は、そっとお母様の肩を支え、顔を見る。すると、お母様はくしゃくしゃに顔をゆがめた。

「ミシェルが……ミシェルがね」

「……ミシェルに何があったのですか？」

「疫病《えきびょう》にかかってしまったの。もうかなり弱っているわ。私……どうしたらいいか——」

そのまま両手で顔を覆《おお》いながら蹲《うずくま》るお母様。

震えるお母様の肩を見て、私は強く両手を握りしめた。お母様はぽつぽつと続ける。

「最初は、使用人の一人が疫病《えきびょう》にかかったわ。すぐにうちの治癒《ちゆ》術師に治療してもらったのだけれど、だめだったの。次第に、貴族の中にも疫病《えきびょう》にかかる人が増えてきて、そうこうしているうちに、ミシェルが熱を……。精一杯やったけど、もうだめなのよ……」

お母様から話を聞く限り、やはり王都全体に疫病《えきびょう》が広まっているようだった。

お母様はすぐに使用人達をミシェルから遠ざけ、自分だけで面倒を見ていたようだ。使用人の身もおもんぱかるお母様の姿は、とても素敵だ。尊敬の念を深めるとともに、私は潰れていきそうなお母様も救おうと決意した。

「お母様。噂を聞いているかどうかわかりませんが、私は、陛下の命を助けて、命食らいの原因を突き止めました。流行り病《はやりやまい》の予防策も知っております。だから、きっと何かできるはずです。まずはミシェルに会いたいのですが、よろしいですか？」

「でも……もし、あなたまで疫病《えきびょう》にかかってしまったら、どうしたら――」

「大丈夫です。私がなんて呼ばれているか知ってます？　アレンフラールの女神ですよ？　できないことなどありません。ましてや、疫病《えきびょう》にかかることなどありえないのです」

私が精一杯自信ありげに笑うと、お母様もようやくほほ笑んでくれた。

「では、案内してくださいませ」

「わかったわ。こっちよ、レティシア」

ようやく背筋の伸びたお母様の後ろを、私は乾いた唇をひと舐《な》めして歩く。

歩きつつ、お母様は疫病《えきびょう》について教えてくれる。

「治癒《ちゆ》術師の話だと、高熱と体の痛みが、今回の疫病《えきびょう》の症状なのですって。痛みの箇所は脇や足の付け根だと聞くわ。初めて見た症状だから、何もわからないようだけど」

「治癒《ちゆ》術はどうなのです？　まったく効果がないのですか？」

「いいえ。そういう訳じゃないみたい。ミシェルも治癒《ちゆ》術を受けるととても表情が柔らかくなりますから。でも、半日も経てば、すぐに熱が出るの。それを何度も繰り返すのは、ミシェルもつらいようです。だんだん、苦しむ時間のほうが長くなってきていて……」

「早くなんとかしなければなりませんわね」

「頼りにしているわよ、レティシア」

「はい、お母様」

そうして、部屋の前に行くと、廊下に置かれているワゴンに、何やらたくさんの見覚えあるものが載っていた。それは、マスクや手袋といった、日本でもよく見たもの。私がアンナ様に教えた感染症対策用品だった。

あぁ、アンナ様。すこしずつ広めているのね。素晴らしいわ。

マケール家の家紋がついているから、間違いないだろう。

「お母様。こちらは？」

「ああ、これね。マケール家から販売されてる、疫病《えきびょう》対策用品だそうだけど……でも、これをつけてミシェルの前に出る気になれないのよ……」

「お母様の気持ちはわかるわ。とにかく、今はミシェルの顔を見たい」

「ええ」

弟の部屋に入ると、奥にベッドが置かれており、そこにはミシェルが横になっている。私は、そのミシェルの顔を見てぞっとした。あまりの変わりように、血の気が引いていく。

私と同じ金髪は艶《つや》がすっかり失われている。蒼白になった顔色と相まって、ミシェルがいるところだけ色素が薄くなったかのようだ。頬もこけており生気はない。かろうじて上下する胸を見て、ようやく生きているとわかった。

近づくと、小さい寝息が聞こえる。

ミシェル……私と二つしか違わない弟。

その弟が前に会った時よりも小さくなっているのだ。心臓が締めつけられるような痛みを感じながら、こみ上げる涙をこらえた。今のお母様の前で取り乱すのだけは、嫌だったのだ。

弟の頬に触れると、カサカサの肌から伝わる温もり。

ずっと避けられて、避けて——そんな関係だった弟に触れ、確かな命の熱を感じた。そこから、私は魔法を使って血液中の異物を感じ取る。

命食らいの時みたいに、仄暗《ほのぐら》い何かがうごめいているのを感じた。

これならば、以前と同じように助けることができる。

——だけど、それじゃいけない。

それだと、私は数人しか救うことができない。この王都の状況からすると、あの手紙は本当に王城から出されたものだと考えてよさそうだ。陛下が私を呼んだなら、命食らいの時のような国全体に及ぼす影響を期待しているはず。

あの時は、マスクで虫の侵入を防ぎ、命食らいを予防できるとわかった。けど、この疫病《えきびょう》はすでに広まっている。そのすべてを私の魔力で助けることは不可能だ。

ならどうしたらいい？

この疫病《えきびょう》がなんなのか、ちょっとずつわかってきた。とはいえ、本当に私がこの病《やまい》に立ち向かえる？　たかだか一看護師の知識しか持っていない私には、前世と今、巻き起こっている事象が同じものかなんてわからない。私が疑っている病気とは全然違うものだという可能性だってある。多くの人の命を左右する決断を、この私がするの？　本当に、それは許されること？

弱っているミシェルを前にして、私は固まってしまった。

家族を、この国の民《たみ》を助けたい。しかし失敗したらどうしよう。

どうしたらよいのかわからず、ミシェルを穴が空《あ》くほど見つめる。

手と足は震え出し、頭の中はぐるぐるしてまとまらない。どうしたらいい？　何をすればいいの——

ドンッ——

唐突に感じた衝撃に振り向くと、そこには私の背中を叩くクロード殿下と、肩にそっと手を置くクリストフの姿があった。二人は優しい眼差《まなざ》しで見守ってくれている。その後ろにはお母様もいる。

もう一度ミシェルを見ると、いつのまにか、私の手を握っていた。

そうだった。私には、支えてくれる人がいる。つながっている家族がいる。

そして、今の私を支えてくれている前世の私もいる。

内乱を起こさないために婚約破棄を計画した。

人を助けるために命食らいに立ち向かい、流行《はや》り病《やまい》を撃退した。

どちらも、私が動かなかったら成《な》しえなかったことだ。

だったら、考える前に動こう。とにかく、進もう。それしか、今の私にできることなんてない。

やれることを、やりたいことをやるために、選択するんだ。

行き先は、導かれるのを待ってちゃいけない。全部自分で決めなきゃ。

——さぁ、はじめましょう。この国を救う、悪役令嬢のあがきを。

◆

今、私がいるのは、王城にある謁見《えっけん》の間《ま》。

ここは、いつもよりも一層空気が張りつめていた。

内容が内容なだけに、今回も非公式な場となった。陛下とお父様、彼らの護衛が二人と、私、クリストフしか、ここにはいない。

私が頭を下げてじっとしていると、陛下が意を決したかのように、大きく深呼吸する。そして、よく通る、低い声を発した。

「よく来てくれた。とりあえず面《おもて》を上げよ。発言を許そう」

私は緊張しながらそっと顔を上げた。陛下はこの前よりも元気そうで、私はつい笑みをこぼす。

そして、陛下の横にいるお父様とも目が合った。涙ぐんでいるのは気のせいだろうか。誘拐《ゆうかい》事件のこともあったし、心配をかけたのだろう。

「はい。お久しぶりです、陛下。お加減もよさそうで安心しました」

「ああ……モンタンベールの事件もあり、落ち着かない中だっただろうが、助かった。そんな時に、あのような不確かな形で手紙を送ってしまい、申し訳なかったな。わしもパトリスも対応に追われ、手紙の手配ができる状況ではなかったのだ。使者に代筆を頼んで、とにかく封蝋《ふうろう》さえあればわかるだろうと送らせたが……」

手紙に関わる事情を明かされ、内心で拍子抜けする。しかし、恐れていたようなことでなかったからよしとしよう。

「そうだったのですが、さぞお忙しかったとお察しいたします。それで、どのようなお話なのでしょうか」

私は当然わかっている事柄ではあるが、改めて問いかけた。すると、陛下とお父様の雰囲気が変化する。

まるで、室内の重力が増したかのようで、思わず歯を食いしばった。

「その件なのだが……王都に蔓延《まんえん》している疫病《えきびょう》が、今、とてつもない勢いで民《たみ》を苦しめている。国の重鎮達や治癒《ちゆ》術師や学者達。みんなが一丸となって事に当たっているが、どうにも芳《かんば》しくない。そこで知恵を借りたいのだ。アレンフラールの女神と呼ばれる、そなたのな」

「そういうことでございましたか……。先ほどちょうど、その病《やまい》について詳しく聞いたところでした」

「それならば、話は早い。教えてほしい。この疫病《えきびょう》をどうにかする方法はあるのか？」

私は思わず唾を呑む。

ここは、重要な局面である。慎重にならなければならない。しかし同時に、慎重になりすぎて必要なことができないのもまずい。

私の肩に今、アレンフラールの国民の命がのしかかっていた。

私は両手を握りしめて、陛下の目を強く見つめた。

「陛下。それについてですが、情報が足りず、判断できない状況でございます。今しばらく、お待ちいただけますでしょうか？」

「それはいつまで待てばいいのだ？」

「今、いろいろと準備をしているところでございます。あの手紙を見て、病《やまい》を知り、陛下が私に求めていることをお察しいたしました。ですから準備してきたのです。私ができることと、陛下にやっていただきたいこと。それらをすべて、達成するために」

「そうか……。して、わしに何をさせたいのだ？　それは本当にこの国を救うことになるのか？」

「どうでしょう……。確信はありません」

「――なんだと？」

私の言葉に陛下の眉が片側だけ吊り上がる。その仕草に苛立《いらだ》ちのようなものを感じたが、気づかないふりをして、胸を張った。

「これから話すことには、私の想像も含まれます。そして、今までの陛下の施策にも言及することになるでしょう。ご不快に思われることもあるかもしれません。ですが、私は、私が正しいと思うことを伝えます。それをどう判断なさるかは、陛下にお任せいたします」

「ふむ。わしを試すのか？」

「いえ。私が試されるのでしょう」

私達の視線がぶつかり合ったその時、謁見《えっけん》の間《ま》の扉の外から揉《も》めているような声が響いた。

「おい！　いいから開けろ！　俺は行かなきゃいけないんだ！」

「ですが、今は誰も通すなとの厳命でございます！　なにとぞ、なにとぞ――」

その声が聞こえてすぐ、謁見《えっけん》の間《ま》の扉が勢いよく開かれる。みんなの視線が扉に向かい、そこに立つ人物に注《そそ》がれた。

その人物は、いつもと同じようにどこか軽い雰囲気だが、何かをやり遂げたような表情を浮かべている。そして、私と目が合うと、すこしだけ表情をやわらげ、ほほ笑んだ。

「レティシア、遅くなった」

「うん。準備は済んだ？」

「抜かりなく」

「それは結構」

おどけたようなやりとりに、陛下もお父様も目を瞬《またた》かせる。

乱入者――クロード殿下の自信満々な様子を見る限り、うまくいったようだ。

はったりもあるけれど、これが今私のできる精一杯。それをぶつけて得られるのは、果たしてどんな結末だろうか。

体がぞくりと震える。震えが恐れからくるものか武者震いかわからないが、私は高揚していた。

「陛下。お待たせしました。いまからご覧に入れましょう。私の仮説と、その実践《じっせん》。そして、陛下にしていただかねばならない、そのすべてを」

「わしがやらなければならないこと、か」

「はい。しかし、まずはみんなで情報のすり合わせをいたしましょう。知らないことがあると、進む話も進みません」

「うむ」

私は不敬だとわかってはいたけど、立ち上がった。跪《ひざまず》いたままだと、どうにも調子が出ない。足の痺《しび》れで集中を欠いてしまったら事だ。

お父様は眉をひそめたが、陛下は特に気にしていないようだった。

「さて……。まずはこの疫病《えきびょう》についてです。聞いたところによると、発症してすぐに発熱、倦怠感《けんたいかん》が生じるようですね。そして進行するに従って、脇や足の付け根が腫《は》れ、痛みを伴《ともな》うと。そして、そのまま死に至るケースが多い。流行《はや》りはじめたのは、二週間ほど前からということですが、この疫病《えきびょう》が王都に現れたのは、一か月以上前という話もあるそうですね。まずここまでは、間違いはないですか？」

「うむ」

頷《うなず》いた陛下の表情は、険《けわ》しい。お父様も顔をしかめている。

私は、二人の様子を見つつ、淡々と事実を並べていく。

「すでに死者は百人以上に上《のぼ》っていると……。登城する途中、治療院に寄ってきましたが、ぞっとしました。この疫病《えきびょう》にかかった者は、遺体の一部が黒く変色するのですね。このようなことは過去にあったのですか？」

「いや、今までにないことだ」

陛下は首を横に振った。

反応を見て、私は確認を再開する。

「この疫病《えきびょう》は治癒《ちゆ》術師による治療も効かず、他の治療法もなし。発症した多くは死に至り、今も疫病《えきびょう》にかかっている者達は増えている。このままでは、王都には尋常ではない被害が出るでしょう。しかし、今現在、有効な打開策がない。それが現状、ということでよろしいですか？」

「ああ、その通りだ」

私が突きつけた事実に、陛下は顔のしわをさらに深くする。

その表情には、国を導く王としての苦悩が表れていた。あの肩にのしかかっている、国民すべての命。その重さは、私にはわからない。だからこそ、私は私にできることをする。

この国の民《たみ》を救う手助けを、私もしたいんだ。

そのために、みんなに集まってもらった。あとは、私の言うことを理解してもらうだけ。

「そこで、陛下に朗報をお持ちしました」

私の言葉に、陛下がピクリと眉を動かした。

眼光鋭《するど》く睨《にら》まれ、思わずひるんでしまう。けど、恐れてはだめ。今が頑張り時だ。

そう思って、私はあえてほほ笑んだ。疫病《えきびょう》をあざ笑うがごとく、できるだけ余裕を持って、私は告げる。

「私は、この疫病《えきびょう》を治す方法に、見当がついています」

「なんだと!?　それは真《まこと》か！」

玉座から立ち上がる陛下。きっとその言葉を心待ちにしていたのだろう。彼の瞳には、一筋の光が宿っている。

「命食らいを治した私です。この疫病《えきびょう》も、私が行《おこな》う治療法で治すことができるでしょう」

「レティシアよ。それは嘘ではないな？　この場での虚偽は罪になる。それをわかって言っているのか？」

お父様から向けられた言葉。私を案じて確認してくれているのだろう。でも、あなたの娘はそんなに愚《おろ》かじゃないわよ。

「この場で嘘をつくとでも？　それこそ不敬極まりないではないですか。本当のことを申しております。ただ、何もなしに治療法をお教えすることはできません。当然ですよね？」

「そうだな……、何を望む？」

私と陛下とのやりとりを見ていた面々は、ほぼ全員が顔を引きつらせていた。当然、私も内心はびくびくしている。

だってそうだろう。国王と取引をするなど、ただの令嬢のやることではない。

その時、お父様が私を叱責した。

「レティシア！　お前は、陛下に何を言っているのか、わかっているのか⁉　不敬にもほどがある！」

「わかっておりますよ、お父様。国の一大事ですから、恐れながらも申し上げているのです。この疫病《えきびょう》を退《しりぞ》けるには、やれることだけやっていたのでは、太刀《たち》打ちできません。やれないこともやらなくては。そうでなくては、国を救えないのです」

「だが――！」

「お父様！」

私はお父様の言葉を大声で遮《さえぎ》る。そして、お父様をきつく睨《にら》みつけた。

だってそうだろう。今は、不敬だとかそんな話をしている暇はない。宰相として当然の言動だが、そろそろ私も我慢できない。

こんなやりとりをしている間にも、苦しんでいる者がいるのだ！　それくらいわかれ！　そんなお腹の奥から湧き上がってくる熱を、私はそのまま言葉に乗せていく。

「この疫病《えきびょう》の名はペスト！　ある国で、数千万人もの命を奪った凶悪な疫病《えきびょう》です。体を黒く変色させて死に絶えるその様《さま》から、黒死病とも呼ばれた悪魔のような病気。今は、そんな恐ろしい病《やまい》に悶《もだ》え苦しんでいる人達が、たくさんいるのですよ!?　時間を無駄にしている暇はないのです！　黙っってて！」

「なっ――」

私の言葉にお父様は言葉を失う。事の重要性は理解しているのだろう、何か言いたげな表情をしているが、必死で唇を噛《か》んでいる。その横では、陛下が穏やかな視線でこちらを見つめていた。

「やめよ、パトリス」

「ですが、陛下！」

「よいのだ。レティシア嬢の言う通り。それに、彼女は何か考えがあるようだ。話くらいは聞いてみようぞ」

「さすがは陛下。懐《ふところ》が深いのですね」

「それで、そなたは何を求める？　その治療法の話が本当だったとして、わしに何を求めるのだ」

私はすっと背筋を伸ばす。

スカートを摘《つ》まみ、まさに手本のような礼をした。そして、告げる。私の求めることを。

「簡単なことでございます。この疫病《えきびょう》——ペストという病《やまい》ですが、これを治療できる可能性のある方法を、陛下が知りたいと、私に治療を施《ほどこ》させたいというのでしたら、条件があります。……私とディオン殿下の婚約破棄を認めてくださいませ。それができないとおっしゃるのでしたら、お教えすることはできません」

私はそう言って、笑みを浮かべる。

謁見《えっけん》の間《ま》に、静寂《せいじゃく》が広がった。

陛下やお父様、他の面々も困惑した表情を浮かべている。

「……お返事を待つ間に、ペストが広まった経緯を説明いたしましょう。クロード殿下。先ほどお願いしたことは調べられているかしら？」

「あ、ああ。問題ないが」

情報を調べたクロード殿下でさえ、疑問符が顔に貼りついている。

もっと、自信を持ってくれなきゃ。説得には虚勢も大事なのは、わかってるはずでしょうに。

私はそんなことを思いながら、笑みを振りまいた。すると殿下も胸を張り、調査結果を述べはじめる。

「俺がレティシアから調べるように言われたのは、王都の中での死者や患者の分布だ。それによると、患者も死者も南西部に多いらしい。そこを中心に王都全体に広がっている感じだな」

「そうですか……わかりました。では、殿下。王都外側の南西部に何があるかご存知でしょうか？」

「あそこは広大な森が広がっていて、モンタンベール公爵家の――そういうことか」

質問に答える途中で、クロード殿下は何かひらめいたようだ。

「ええ。皆様もおわかりですか？」

私は周囲に目線をやるが、殿下以外は首を横に振る。

私はその答えを話しはじめる。

「ペストの原因は、菌という目に見えないほど小さな物です。それは元々、ネズミなどの動物を病気にさせるのですが、その動物についていたノミを介して、人間にうつります。つまり、王都の南西部、モンタンベール公爵家の領地側からネズミが王都に流れてきたのです。それはなぜか……」

陛下は苦しげに顔をゆがめ、床を見つめた。お父様もようやく気付いたのだろう。はっと目を見開いて、こちらを見つめる。

陛下はおもむろに言葉をこぼす。

「……内乱か」

その言葉は、波紋のように静かに、けれど確かに響き渡った。

「はい、陛下。そのとおりでございます」

――こんなこと、誰が予想できただろうか？　国を支えるための婚約が、三公に内乱を企《くわだ》てさせ、そして、そのせいで国を滅《ほろ》ぼしかねない疫病《えきびょう》が流行するなんて。

「モンタンベール家の当主は、陛下の弟君のご子息です。内乱の中心はモンタンベール家で、内乱の準備は主にそちらの領地で行《おこな》われていたようです。数年前からはじまったこの準備——人、武具、食料の備蓄などは、すべてがこの領地に集められている。それだけでなく、王都の隣の森も、切り開かれていたと聞きます。急激に人が増えたせいか、はたまた、その人々を隠すためなのか、私にはわかりませんが……」

茫然《ぼうぜん》としている面々を見つつ、私は説明を続けた。

「おそらく、モンタンベール公爵家が仕入れた食料や荷物にペストの菌を持つネズミがまぎれていたか、普段人が立ち入ることがなかった森が荒らされたせいで菌を持つネズミが大量に逃げ出したか……。そのどちらか、もしくは両方により、王都に入りこんだのでしょう。内乱という企《くわだ》てが、王都を死の海に変えるのです」

その話に、お父様はごくりと息を呑む。

「陛下。どうされますか？　もしペストの治療法をお知りになりたいのでしたら、すみやかに婚約の解消を認めてくださいませ」

まっすぐ陛下を見るも、陛下と目が合わない。陛下はじっと俯《うつむ》き、項垂《うなだ》れている。

そうして数分後、ようやく陛下が口を開く。

「わしがずっと婚約の解消を認めなかったせいかの……」

「それだけが理由ではありませんが……少なくとも、要因の一つには、なったかと」

「そうか……」

俯《うつむ》いていた顔を上げ、天井を仰《あお》ぎ見る陛下。その視線の先に何を見たのか、私にはわからない。

しかし陛下が何かを受け入れたことだけは、感じることができた。

しばらくそうしていただろうか。陛下は、唐突に手で膝を打つと、やや調子の高い声で私に言った。

「……レティシア嬢。ただいまをもって婚約の解消を認め、すぐさま貴族達に通達する。他にもやることがあれば、精一杯便宜を図ると約束しよう。これでよいか？」

陛下の問いに、私は笑みを浮かべて頷《うなず》く。

「はい。ありがとうございます、陛下」

「アレンフラールを……この国を救ってくれ、女神よ」

何やら気になる単語はあるが、ようやくここまで来られた。ずっとできなかった婚約の解消。それがこの場で認められたのだ。

私は、嬉しくて思わず天井を仰《あお》ぐ。だが、いつまでも感慨に浸《ひた》っている訳にもいかない。私はすぐさま陛下にやるべきことを説明しなきゃならないのだ。

「では、クロード殿下、お願いしていたお二人を連れてきてくださいませ」

「わかった。すぐに呼んでこよう」

「では、はじめましょう……ペスト撲滅《ぼくめつ》への道、最短距離で突っ走りますよ！」

私はこらえきれず、陛下の前で高らかに声を上げて笑った。

私がクロード殿下に頼んでいたこと。それは、情報収集だけではない。二人の人物を呼んできてほしいと頼んでいたのだ。

私が呼んでいた二人――それはアンナ様と、宮廷魔法使いの長《おさ》シモン様だった。この二人なしでは、私の計画は成り立たない。二人を謁見《えっけん》の間《ま》に招き入れると、陛下もお父様も訝《いぶか》しげな表情を浮かべた。

「陛下、お父様。こちらにお呼びしたのは、マケール男爵令嬢、アンナ様でございます。お顔はご存じかと思うのですが」

「あ、ああ。知っておる。ディオンの思い人であろう？　しかし、なぜそのアンナ嬢が……」

「それを説明するには、まずこちらをご覧いただかねば……。最近、このようなものをご覧になりませんでしたか？」

私はアンナ様から預かっていたマスクや手袋、ガウンを陛下に見せる。

「ああ、マケール印の感染症対策用品、だったか？　疫病《えきびょう》が流行《はや》りだしてから、それらも徐々に広まっていると聞く」

「そうです。その感染症対策用品です。現在は、主に貴族に広まっているようですね。そのおかげか、貴族の間ではペストはそれほど広まっていない」

――私は断言したが、これは嘘とは言わないまでも、完全な真実とは言い難《がた》い。

というのも、さっき陛下達に話したとおり、ペストの感染経路の大部分がノミを介するものだからだ。つまり、ノミに刺された際、ペスト菌が体内に入り込み、感染する。ペスト予防に関しては、全身を覆《おお》うガウンや手を守る手袋はともかく、マスクの効果は定かではない。

それに、貴族の間でそれほど広まっていないのは、ネズミに接触するのは平民が多いからという可能性もある。さらにネズミと接触した人がノミを介してペスト菌に感染し、その人に接触した他の人間にまた感染し……というルートで、平民間の広まりが拡大。しかし、平民に接触する貴族は少ないため、広まっていないとも言える。

けれど私は、あえて『感染症対策用品のおかげで貴族にペストが広まっていない』と、人々に認識させたい。

それは、アンナ様に聖女としての箔《はく》をつけるため。彼女がこれからディオン殿下と一緒にこの国を守《も》り立てていくにあたっての、後ろ盾にしたいのだ。

もちろん、感染症対策用品は、食中毒や風邪なんかの一般的な感染症には効果がある。これを機に国中に普及したら、多くの感染症を予防できるだろう。

そんな私の思惑がこもった言葉に、お父様が目を剥《む》く。

「まさか、こんな布切れのようなもので予防できるというのか⁉」

「ペストに関してはノミを介するので、他の流行《はや》り病《やまい》と比べると特殊で、菌に接触しないということが一番大切です。ただ、雨季や冬の流行《はや》り病《やまい》、命食らいはマスクでほとんど予防できるでしょう。病気の原因が体内に入り込むことで、疫病《えきびょう》は蔓延《まんえん》するのです。マスクと手洗い。それさえしっかりやれば疫病《えきびょう》は半減させることが可能ですよ。それほどの力を持っているんです」

「まさか……そんな」

大げさに言い、お父様達にこう思い込ませる。アンナ様の売り出した品々や、公衆衛生への啓蒙《けいもう》活動がなかったら、ペストは今以上に広まっていたに違いない。マケール家の功績は素晴らしいのだ——と。

加えて、アンナ様はまさに聖女の働きをしているとアピール中。そう、聖女だ！　うん、これを繰り返し言っていこう！

「陛下。このマケール家が作り出した感染症対策用品と公衆衛生への知識は、今回だけでなくきっと我《わ》がアレンフラールにとって切り札となりえるでしょう。これを使い、しっかりと民衆に公衆衛生を教えるだけで、多くの命を助けられます。人口が増えれば、労働力が増加し、さらなる経済の発展につながるでしょう。このペスト騒ぎにおいても、アンナ様がいなかったら、もっと被害が増えていたかもしれません。それこそ、数千人、数万人単位にまで……」

私の虚実入りまじったセリフに、国王陛下は目を輝かせる。

「真《まこと》か!?　それが本当ならすさまじい成果だ！」

「はい。ありがとうございます。きっと、マケール家はますます発展し、この国の助けになるでしょう」

私がそう告げると、陛下とお父様は何やら話し込む。その隙を狙って、アンナ様が私に話しかけてきた。

「ちょ、ちょっとレティシア様！　そんなこと、陛下の前で——」

「胸を張ってください、アンナ様。アンナ様はそれだけのことを成《な》すのです。真の……アレンフラールの聖女となるのですから」

ほら、聖女様。そんな青い顔しないでしっかりしてね？　ちゃんと、聖女らしい成果は出るからさ！

「アンナ様。顔色が悪いですよ？」

「誰のせいだと思っているんですか……？」

「ふふっ、じきに慣れますよ。でも、これで、ディオン殿下と幸せになれます。素敵な夫婦生活を営《いとな》んでくださいませ」

私がそう言うと、アンナ様は急にぽかんと口を開け、呆けてしまった。

「あの……アンナ様？」

何事だろう。彼女は何かを噛《か》みしめるように唇を引き結び、両手を組んだ。そして、ぽつり、ぽつりと、アンナ様から言葉が聞こえてくる。

「レティシア様……。私、あまりいい思い出がありませんでした。思い出といっても、それはずーっと、ずーっと昔のことで、友達もいなくて、毎日が楽しくなくて……」

えっと、それって前世のこと、だよね？

私が心の中でそんな突っ込みを入れている間も、アンナ様は目をつぶり言葉を続ける。

「だから、ずっと逃げていたんです。キラキラした世界を外から見るだけで満足していた。でも、私は、レティシア様のおかげでこうしてここに立っています。ねぇ、レティシア様？　私、殿下と幸せになれるでしょうか？」

どこか不安げなアンナ様。そんな彼女を見ていると、すこしだけディオン殿下の気持ちがわかる。

うん、こりゃ可愛いわ。こうやって言われたら、男なんて簡単に落ちるね。

あの馬鹿王子にはもったいないよ、こんな素直な子。

「大丈夫です。みんなで幸せになりましょう？」

力強く、彼女に笑いかける。アンナ様はとても美しい笑顔を私に向けてくれた。うん。この感じなら、きっとペスト撲滅《ぼくめつ》のために頑張ってくれることだろう。

しかし、感染症対策では、ペストは根絶できない。ほかにやるべきことがあるのだ。

私は背筋をすっと伸ばして、一歩前に出た。

「まず大事なのは、今、ペストにかかっている人からの感染を防ぐことです。そのためには、マケール家が売り出している感染症対策用品が重要になってきます。平民に死者が多いのは、貴族のみにこれらが伝わっているからでしょう。すぐさま、平民にも流通するよう手配すべきです」

これはアンナ様に箔《はく》をつけるための方便。ペスト根絶にとっては重要ではないが、この国にとって重要なことだ。

「うむ。被害をすこしでも減らせるのなら必要なことだ。パトリス、やれるか？」

「はい。すぐに手配致しましょう」

陛下の素早い決断に、私の心も軽くなる。よし、このまま一気にお願いをしてしまおう。

「次に、疫病《えきびょう》の元を振りまいているネズミの駆除ですね。これは、騎士団や衛兵を使って、しらみつぶしにやってください。それだけで、疫病《えきびょう》を大分減らすことができるでしょう」

「原因であるネズミの駆除か……なかなか骨が折れそうだが。不可能ではあるまい」

「その際に、騎士団の人達がペストにかからないよう、皮膚を露出しないことを徹底する必要があります」

「それも申し伝えておこう。この時も、マケール家の感染症対策用品が役に立つのじゃな？」

「さすがは陛下。その通りでございます」

この調子だと、マケール印の商品は大活躍だろう。私がアンナ様にほほ笑みかけると、彼女もにこりと笑ってくれた。うん、聖女伝説のはじまりは近いね。

予防について話し終えると、国王陛下はお父様に声をかける。

「では、パトリス。今の対策だが、国庫をひっくり返しても構わん。すべての責任はわしがとる。すぐさま感染症対策と公衆衛生という考えを王命にて広め、国中からネズミを一掃させよ。加えて、内乱の企《くわだ》てに関してだが……婚約破棄の事実を伝え、できるだけ便宜を図ってやる形で収束させよ。さすがに、この疫病《えきびょう》と内乱の関係を知れば、各公爵家の態度も軟化するだろう。武力での鎮圧は避けたいところだ……何より我《わ》がアレンフラールに舞い降りた女神のご希望である。全力で叶えなければなるまい？」

やらなきゃならないことはたくさんあるけれど、感染症対策についてはすべてアンナ様に頼んである。ひとまず、ペスト菌の拡散予防に関してはこれで安心だろう。

次は、治療だ。

私が呼んだもう一人……シモン様の出番である。

シモン様は宮廷魔法使い。そんなシモン様を呼び出したのは訳がある。それは、私の感染症治癒《ちゆ》魔法をマスターしてもらうためだ。

私の予想では、ペストの治療には、感染症治癒魔法が効果的なはずである。ペストとは、血液中を巡るペスト菌が悪さをすることで、体を不調に追い込んでいく病《やまい》だ。現代の治療では、ペスト菌を殺す薬を投与し、菌のせいで弱った体が回復すれば、命に支障はない――というものだったと思う。正直、前世の学生時代に習ったことで、実際に治療に立ち会ったことはないので、知識に不安はあるのだけど。

その情報が正しければ、ペスト菌を体から出し、弱った体を回復させればいいということになるだろう。つまり、命食らいの時に編み出した方法を活用できるはずだ。

今の私に考えつくのはそれくらい。これが間違っていたらとても困るが――その時はまた他の方法を考えよう。

予想が合っているかを知るには、治療をやるしかない。しかしそこで問題がある。

私の魔法の技術は、人並み以下で、魔力も同様。治療がもし成功したとしても、一人に施《ほどこ》すのが限界だ。

そのため、シモン様の力を借りたい。聞いたところによると、私がやっていた感染症治癒《ちゆ》魔法は誰もやったことがないらしい。それはそれは好奇心をくすぐることになるだろう。

その好奇心を逆手に取り、魔法をマスターしてもらって、この国の多くの人々を救ってもらいたい。そんなことを簡単に言うと、陛下は大喜びで声を上げる。

「おぉ！　それは名案だ！　では、シモンよ！　すぐさまレティシア嬢に魔法を習うのだ！」

「は。しかし、そうなると実際に市井《しせい》に出て、病人を探さねば……」

「そうなると思いまして、実は、城に患者を呼んでいるのです。うつる危険性がありますから、マスクの着用をお勧めします」

私の言葉に、謁見《えっけん》の間《ま》はざわめいた。といっても、ざわめいたのは、その事実を知らなかった陛下とお父様、アンナ様にシモン様だ。

「レティシア。そのような危ない真似を……！　陛下にもしうつったら、どうするのだ」

お父様は困惑し、声を上げる。

「いいのだ、パトリス。レティシア嬢よ、ではその患者とやらを連れてこい」

「わかりました。では……」

陛下の言葉を受けて連れてきたのは、ベッドに横たわる一人の少年。

彼の柔らかい金髪は汗で額《ひたい》に張りついており、赤い顔は苦痛でゆがんでいる。見ているだけでもつらくなるような様子だが、特にお父様は驚きを隠せていない。

「ま、まさか……」

お父様は、じりじりと患者に近づく。その顔は間違いなく見覚えのあるものであり私達の大事な人。かけがえのない家族。そう――

「ミシェル……」

お父様がガウンも手袋もつけずに近づこうとするので、私は慌ててそれを止めた。

「予防用品だけはつけてください」

「止めるな、レティシア！　なぜ！　なぜミシェルがこんな目に！」

「私も家に戻った時に目を疑いました。きっと、心配させないように黙っていたんだと思いますよ。お母様は、ひどく憔悴《しょうすい》しておりました」

「そんな。パメラが……」

お父様は、私が押しとどめた位置から、ミシェルを見つめている。息子の危機を知らされていなかったことが、寂しかったのだろう。私は、そっとお父様の手を握り、ほほ笑んだ。

「お父様。ミシェルは今苦しんでいます。けど、今、私達は何をしてますか？　遊びほうけていますか？」

「いや、違うな」

「そうです。ペスト撲滅《ぼくめつ》のために動いています。それを邪魔したくなかったんですよ、お母様は」

お父様は、私の言葉をじっくり噛《か》みしめると、ぎこちなく笑う。

「取り乱したな。ようやく、やるべきことが見えてきたようだ」

「ええ。じゃあ、まずは私達の家族を治しましょう？」

私はお父様にそう告げて、ミシェルを見た。屋敷にいた時と同様、眠っている。ただ、呼吸は速く、顔は赤く、見るからに体調はよくない。

そんなミシェルにシモン様が近づく。言い忘れたが、シモン様はかなりのイケメンだ。とても斬新な緑の髪が、キラキラと光っている。アンナ様に聞いた話では、この人も攻略対象らしい。

シモン様は、ミシェルに手を向けて何やら魔法を唱えた。しばらくすると、シモン様は表情を変えずに呟《つぶや》く。

「ふむ……。確かにレティシア嬢の言うペストにかかっている。散々見てきたが、症状は同様だ」

「シモン様のお墨付きがあれば、皆様に信じていただけます。私も早くミシェルを治してあげたいから、さっさといきますよ！　さぁ！　皆様、見えるところに来てください。それと、床を汚したくないので、誰か、受け皿のようなものを持ってきてくださるかしら？」

ミシェルが横たわっているベッドの周囲に、みんなが集まった。受け皿も用意される。

視線を感じながら、私は眠っているミシェルの手をそっと握った。

そして、ゆっくり魔力を通していく。すると、ミシェルの全身に蔓延《はびこ》っている細菌が、血液の中でうごめいているのを感じた。命食らいの時と同様、明らかな不純物。

よし、これを取り除いてあげれば、きっとミシェルは治るはず！　お願い、予想が当たっていて！

私は、ミシェルに魔力を浸透させていく。

イメージするのは血液の流れだ。心臓からはじまり、全身を循環する。そのまま帰ってきた血液は肺を通り、再び心臓に戻っていく。

それをひたすら繰り返していると、ようやくミシェルの血液内の水分を操《あやつ》ることができるようになってくるのだ。

私の魔力がミシェルの全身に巡り、光りはじめる。

「おぉ……パトリスの息子が、光っておる……」

「レティシアの魔力がミシェルの全身を循環している、のか？　しかし、なんという神々《こうごう》しい光だ……心が、洗われるようだ」

陛下とお父様が言葉をこぼす。他の者はひたすら目を丸くしている。

ここまで来たら、あとは不純物を取り除くだけだ。

さぁ、行くわよ、レティシア。ペスト菌とかいうふざけた輩《やから》を、可愛い弟から追い出すんだ！

ミシェルの中にいつまでもいるんじゃないわよ！

そして、不純物を私の体に取り込み、逆の手から排出する。その時の全身に走る気持ち悪さは、なんとも表現しがたい。

痛み、痺《しび》れ、吐き気、倦怠感《けんたいかん》――痛みの種類も様々で、突き刺すような痛みであったり、鈍痛だったりする。その痛みが、とてつもない勢いで全身を襲うのだ。思わず声が漏《も》れてしまう。

「ぐうぅっ――」

「レ、レティシア!?」

私の様子に慌てるクロード殿下。彼を、クリストフがなだめる。

「殿下。私を治してくださった時も、レティシア様はあのように苦しんでいたと聞きます……。話には聞いていたが、これほどとは……」

二人の声は聞こえているけれど、応じる余裕はない。

ミシェル、今、お姉ちゃんが助けてあげるからね！　菌を取り除くから、それで元気になって！

ペスト菌、さっさといなくなれ！　弟の体に、ひとかけらでも残してやるもんですか！

私が息巻いていると、後ろではアンナ様とシモン様が驚きの声を上げる。

「こんなに苦しむことなんですか!?　あんなに汗をかいて、顔色も真っ青です！」

「患者に宿っていた邪気が……消えていく」

あとすこし。

よし……！　これで——どおだぁ！

私が最後に気合いを入れて不純物を搾《しぼ》り切ると、目の前には、すこしだけ顔色がよくなったミシェルがいた。

周囲を見ると、みんなが、呆然とした表情でこちらを見つめている。ふとシモン様と目が合う。

彼は何かに気づいたかのようにゆっくりとミシェルに近づいてきた。

「……確かにもう治っている。病《やまい》により体が弱っているので、体力を回復させないとすぐには動けないでしょうが。陛下、レティシア嬢の治療法は本物です」

その言葉に、今度は全員の視線が陛下に集まった。

陛下もみんなと同じように呆然としたまま、なぜだか私を見つめている。その視線が先ほどまでの私を見る目と違う気がする。

「女神の奇跡だ……」

陛下はゆっくり目をつぶると、大きく息を吐いて天井を見上げていた。

その後、私の魔法を完全にコピーしたシモン様が、国中のペスト患者を治し、アレンフラールは救われた。めでたし、めでたし。

——そうなるはずだったのだけど……、それは私の夢物語に過ぎなかった。

ここに来て、私の計画に暗雲が漂《ただよ》いはじめた。というのも、私考案の魔法をシモン様に覚えてもらって国中治療してもらおう作戦が、頓挫《とんざ》したからだ。

シモン様は私の魔法を見て、魔力をどのように伝えればいいかを把握し、実際に人体でも成功させた。だが、血液中にある不純物——つまり細菌の存在を把握することができず、ペストを治すことができなかったのである。

私は彼に、繰り返し説明した。

「血液は、川みたいなものです。そして、その流れにペストの元となる毒——小さな生物がまざっています。それだけを取り出すことをイメージしてみてくださいませ。そうすれば、体への影響が最小限で済むはずですわ」

私が何度話しても、シモン様は納得しない。

「どういうことだ？」

「だから！　血液の成分は、血漿《けっしょう》と血球に分かれていてね!?　赤血球と白血球と——」

「何度も聞いているが、どうにもわからない。血が、小さな粒でできている訳がないだろう？　もしそうだったら、血はこのように液体ではないはずだ」

そんなやりとりを何度やったことか。

すでに、シモン様の研究室の中に何時間もいる。

まあ、仕方ないかもしれない。この世界では分子や原子のような概念が、存在しないのだから。

その概念を理解できない人に、血の成分が――などと説明しても、暖簾《のれん》に腕押し、糠《ぬか》に釘《くぎ》。

つまりはまったく意味がなかった。

もっと時間をかけてじっくりやればいいかもしれないけど、そんな時間などない。

そして、大量のペスト患者を私一人で治すことなど不可能。それだけはわかる。

元々、クロード殿下からシモン様のことを聞いていた。

なんでも、幼いころに魔法の才覚を認められ、数年の実務を経て宮廷魔法使いになったらしい。

肩書は宮廷魔法使いの長《おさ》で、魔法の技術はアレンフラールでトップだという。

そんな天才シモン様でも真似できないのだから、他の誰ができるというのか。

私の考えていた計画がうまくいかない。

それを自覚した瞬間に、国民の命という重さを感じる。私の肩に、何千、何万という数の命がのしかかってきたのだ。

その重さに、膝は震え、悪寒《おかん》が走り、吐き気さえ覚えた。逃げ出したい衝動に駆られるが、ふとあたりを見回すと、シモン様やクロード殿下、クリストフ、アンナ様がこちらを見ている。

逃げられる訳ない。

私が大勢の人の命を見捨てて逃げ出したら、信頼している人達が離れていってしまうのではないか。そんな恐怖にも似た感情が湧き出てくる。

そう。今、みんなが私を信じてくれるのは、私が特別な知識を持っているから。たくさんの命を助けたから。

だから、クロード殿下は私に興味を持ってくれたし、クリストフは騎士になってくれた。アンナ様とも仲良くなれた。……すべては前世の知識のおかげだったのだ。

ならばもし、たくさんの命を助けられなかったら、その時はどうなるんだろう。

アンナ様に聞いたみたいに、不幸な結末が待っているのかもしれない。そうならなくても、今、周りにいるみんなは去ってしまうかもしれない。いや、そうに違いない。

私は失敗しちゃいけない。みんなを助けなきゃならない。

でも、どうすればいい？　何をしたらいい？　どうすれば、そうすれば――

「……い、おい、レティシア？　大丈夫か？」

ふと顔を上げると、そこには私の顔を心配そうに覗き込むクロード殿下がいた。

「いえ、その、なんでもありません」

「そんな訳ないだろう？　顔が真っ青だ」

大丈夫、という空元気《からげんき》でさえ、出す気力がない。そんな私の様子を見て、殿下はきゅっと唇を固く結ぶ。そして、私の肩にそっと手を置いた。

「シモンがレティシアの魔法を再現できないと、今ペストにかかっている人を治すことができない。だから自分を責めているのか？」

その言葉に、私は咄嗟《とっさ》に後ずさろうとする。しかし殿下はそれを許してくれなかった。今度は両肩を掴まれ、ぐいと引き寄せられる。

逃げ場がない。苦しい――

「なんとか、言え……ほら」

言葉遣いは乱暴なのに、それはとても優しく私に届く。

だからだろうか。思わず私は吐き出してしまった。今の私の抱える不安を。

「どうしたら……いいの？」

「ん？」

「どうしたらいいのよ……。だって、私だけじゃ、何人も救えない。でも、街には何千、何万っていう数のペスト患者がいるのよ⁉　そんなのどうしたらいいのよ！　魔法の天才のシモン様ですら再現できなくて……でも、私、陛下に言ってしまったの。治すって。それなのにできない！　だって、私にあるのは、ちょっとした知識と公爵令嬢っていう立場だけ……。私に、そんな数の命――受け止められないっ！」

気づくと、涙が頬を伝《つた》っていた。

止めようと思っても止まらない。不安が形になったかのように、大量の雫《しずく》が流れ落ちていく。

「きっと、女神だなんて呼ばれて調子に乗っていたんだわ！　じゃなかったら、普通は疫病《えきびょう》が蔓延《まんえん》している街になんて来ないもの！　驕《おご》り高ぶって、知識をひけらかして、陛下を言いくるめて満足して――そんなの、ただ自分をよく見せたい醜《みにく》い女じゃない！　そんな女に、この状況をどうにかしろって言うほうがっ、ぁ――」

汚い言葉をとめどなく吐き出していた私。そんな私を、唐突に何かが包み込んだ。

どこか無骨《ぶこつ》で、でも優しく温かい……不思議とそれに包み込まれると、安心感が湧いてくる。ふと顔を上げると、クロード殿下の顔がすごく近くにあった。って、顔が近くに⁉ なんで！

「く、で、殿下⁉」

急に冷静になってみると、そこには私を抱きしめているクロード殿下がいる。っていうことは、私は抱きしめられているってことで……え⁉ さっきとは違う混乱のせいか、私の顔は急速に熱を持った。

「な、ななな！」

「いいんだ。レティシア」

落ちついた声で呼ばれ、きょとんとする。

「……え？」

「全部を自分一人で背負い込む必要なんてない。お前がもたらした知識で、どれだけたくさんの人間が助かったと思っている？ それは、誇るべきことだ。自信を持っていい」

優しい言葉に、思わず涙ぐみそうになる。――でも、違う。違うんだ。私は人の命を、たくさんの命を救うことができないダメな人間だから。

「シモンが魔法を再現できないことは仕方がない。そもそも、他人のオリジナル魔法を再現するなんて、そう簡単にできるものじゃない。それは、魔法を学んでいる者ならば誰しも知っていることと……。父上もパトリスも、知らないはずがない。それをわかって、レティシアの計画を聞いていたんだ」

え？　っていうことは、もしかして、今いるペスト患者を治すことが難しいって、みんな思っていたってこと？　でも、陛下はあんなに安心した顔をしていたのに……

「お前が治療法を持っていることで、お前の言っていることの信憑性《しんぴょうせい》が増した。だからこそ、感染症対策や、騎士団によるネズミの駆除が有効なのだと父上も思ったのだと思う。これから失われるはずの命が救われればそれでいいんだ。今、ペストにかかっている人の命は……あきらめるしかない」

「そんな――」

そんなあきらめの言葉を、私はクロード殿下の口から聞きたくない。

殿下は、いつも軽い雰囲気でいじわるで、嘘もつく。けど、それでも私に声をかけてくれたんだ。国の衰退《すいたい》を見守ると決めた私に、一緒に支えていこうと言ってくれた。

誘拐《ゆうかい》された時は、命をかけて助けてくれた。

ペストが蔓延《まんえん》する王都に恐れをなしていた私の背中を、押してくれた。

いつでも私を支えてくれた殿下に、たくさんの人の命をあきらめるしかないだなんて、悲しいことを言ってほしくなかった。

「あきらめるだなんて――」

「けど、もしレティシアがあきらめたくないなら、俺達を頼れ」

「な――」

「レティシア一人じゃ実現できないことでも、ここにいるみんなで力を合わせれば、何かできるかもしれない。今すぐ何かできなくても、あがけば、道は開けるかもしれない。一人で苦しむな、レティシア。お前には、俺が……俺達がついてる」

「……殿下」

私は、さっきとは違う涙が溢《あふ》れてきたのを感じた。重圧はすこしだけ軽くなる。そうだ、目の前しか見えなくなっていた私の周りには、みんながいてくれるのだった。

そう……私一人でやれることなんて少ない。それこそ、ただの一人の令嬢だ。

だからこそ、私はせめて知識を絞《しぼ》り出すべきである。今やるべきこと、やれることをやる。それが、今の私に必要なこと。

何万人の命を背負う必要はない。目の前のことだけを見つめていればいいんだ。

つまり……前世の――看護師としての知識を振り絞《しぼ》れ！

「なら……」

思い出せ。看護学生時代の授業を、国家試験の内容を、看護師になってから見聞きしてきたすべてを――思い出せ、思い出せ、思い出せ。

集中するために、意識の中に没入する。

頭の中にある知識の海に、自分自身を沈めていく。すこしずつ、思い出しながら。

殿下が私を抱きしめていた腕を解くのがわかったが、それを気にする暇はなかった。今はただ、見つめるべきものを見つめるだけ。

「ペストの……ペストの治療の基本は確か抗生剤。だけど、ここは抗生剤などないし、私も作ることなんてできない」

これじゃない。次だ。

「確か、菌の生育条件はとても厳しかったはず。……つまりペスト菌そのものは弱い。なら、どうやって、駆逐するか……」

そう。これをやったのは、感染制御学での授業だったはず。

「アルコールとか、普通の消毒薬で死滅する……そんなことを言ってたかな。けど、人体に消毒薬を投与するなんて不可能。だとしたら……」

周りから、「女神が降臨しているのか？」「まさか、目の前で見ることになろうとは――」などという雑音が耳に入るが、今は邪魔なだけだ。

声に構っていられない。思い出せ、思い出せ。

「あとは、熱か……熱湯で死滅するはずだけど、人を熱湯につけるなんてできないし――」

何を考えているんだ私は！　違う、これでもない。

確か、ペスト菌の死滅条件はもう一個あったはずだ。何かあったはず――

その刹那《せつな》、何かが私の脳裏をかすめた。そして、思い立ったかのように私は、研究室の窓から空を見る。そこには、青い空と白い雲それから――

「日の光……」

そう。日光を浴びせることで、ペスト菌は死滅するはずだ！　紫外線の影響とかどうとかは正直忘れちゃったけど、日光が効くことだけは覚えてる！

でも、人体の皮膚は知っての通り、紫外線を吸収し体内を守るように作られている。だから、普通に日光浴をしても、日焼けをするだけで、ペスト菌は死滅しない。正直、前世の知識だと不可能だ。

けれど、一番現実的で使えそうなのが、この日光という有効手段。

みんなに意見を求めようと、視線を向ける。すると、私の周りは何やら訳のわからない事態になっていた。

「えっと……何やってるの？　みんな」

なぜだか、クロード殿下をはじめ、クリストフ、シモン様、アンナ様、他の研究員の方々も跪《ひざまず》いて、頭を下げていた。どっかで見たことのある図だ。なんだこれ。

「お？　帰ってきたか。いやな、訳のわからない言葉を発していたから、お前に女神が降臨したんだと思ってな。そのままの体勢でいるのは、さすがに不敬かな、と。今は、ちゃんとレティシアか？」

なんだそれ！　ただ、考え事してただけじゃないか！

「最初から最後まで私に決まってるでしょ！　早くみんな立って！　怒るよ！」

「いえ、レティシア様。女神様が降臨なさっていたお姿、とてもこの世のものとは思えませんでした」

なぜか目を輝かせるクリストフ。

なんだ。考え事をしてる姿が人外ってことか？　クリストフが言うんだから、悪意はないんだろうけど、嬉しくない。

「レティシア様……古文書とおっしゃっておりましたが、直接女神様の言葉を受け取っていたんですね。私、感動しちゃって……」

そうやって涙を流すのはアンナ様。いやいや、そんなのある訳ないでしょうが。ちょっと引くよ、その思考。

「これが、アレンフラールの女神か」

シモン様……魔法的何かでわからないのかな？　私、正気ですから。

みんなの意味不明な言動に付き合っている暇なんてない。とにかく、日光を菌に直接照射する方法を考えないと。

私は、自分の思いつきと、ペスト菌の根絶方法を説明した。

すると、みんなの視線は自然とアンナ様に集まっていく。

ん？　どういうこと？　アンナ様に何があるの？

「えっと……アンナ様がどうかしたのですか？」

クロード殿下が呆れた顔で見てくる。

「お前、知らなかったのか？　アンナ嬢はクリストフよりも強いと言っただろ？」

「魔法がすごいんですよね？　それと日光に何が……」

「アンナ嬢が持っている属性は一つだけ。そのたった一つの属性を極めているアンナ嬢には、確かに私は敵《かな》わないかもしれません」

クリストフの言葉を聞きながらアンナ様を見ると、照れたように体をもじもじさせている。だから可愛いって。やめてよ、どきどきしちゃう。

「そう。アンナ嬢の属性――それは俺でも持っていない、光属性だ」

シモン様の言葉に、私は思わず拳《こぶし》を握りしめた。


「では、アンナ様。よろしくお願いします」

「はい！　……『すべてを照らし尽くす光……温もりと、輝きをこの手に』」

アンナ様が短い詠唱を終えると、全身から光が溢《あふ》れだした。けれど、目がくらむような光ではなく、暖かい、幸せな気持ちが満ちるような、そんな光だった。

ここは、王都にある大聖堂。身分関係なく入れる場所の中で一番大きな建物が、ここだったのだ。

そこにできる限りの患者を集めて、今、アンナ様に魔法を使ってもらっている。

アンナ様に光を出してもらっても、普通は、皮膚が持つ防御機構で、熱や紫外線もすべてシャットアウトしてしまう。血液にいる菌にまで光は届かない。つまり、ペストを根絶するには至らない――本来ならば。

だが、それを解決したのが光魔法の天才、アレンフラールの聖女であるアンナ様だ。

最初は、皮膚を透過する光を出してもらおうとした。そういうのも可能だったたから。

しかし、アンナ様は謁見《えっけん》の間《ま》で見た私の治療から、それが応用できないか試したのだ。つまり、私の水魔法と同様、血液の中の異物を感知しながら、異物だけに光魔法を照射する、という離れ業《わざ》をやってのけてくれた。

さすがは私と同じ前世の記憶持ちである。シモン様にはできなかった私の魔法のコピーを、こんなに簡単にやるとは。そして、それを光魔法に応用するなんて、どんな天才だ。

ただ、慣れていない分、すこしだけ菌が残ってしまうようだ。それは私の魔法でなんとかなった。残りかすを取り除くくらいなら、私にも多くの人にかけることができる。でも、アンナ様みたいに光を当てておしまいじゃない。苦しくてつらいのだ。アンナ様ずるい。

まぁ、何はともあれ、最終的には、大部分をアンナ様の魔法で死滅させ、最後の仕上げを私がやる。そしてシモン様達がすり減っている体力を回復させる。そんな治療体制が整ったのだった。

私が患者を治療していると、クリストフが眉尻を下げながら話しかけてくる。

「さぁ、レティシア様。魔力回復薬でございます」

例によって、私は魔力が弱いから、薬に頼らねばならない。

「ん、ありがと、クリストフ」

「しかし、その……体調は大丈夫ですか？　いくら取り除く菌が少量とはいえ、これだけの人数となると、ご負担が相当のものでは……」

心配してくれているんだよね。私はその気持ちだけで、すこしだけ元気が出る気がした。

「そうね。まあ、疲れてきたけど大丈夫よ。無理そうなら言うから。アンナ様が余裕そうなのはとてもうらやましいけどね」

どこまでがペストかわからないけれど、それらしい症状が出ている者は、王都に数千人いたのだ。

通達が行き届いていないことを考えると、もっと増えるかもしれない。

私は、その全員の菌を体に取り込み、そして排出していく。ある程度はアンナ様の魔法で死んでいるから、苦痛は小さいけど、心地のいいものではない。

すると、アンナ様が声をかけてくれる。

「レティシア様。頑張りましょう！　私達がやり遂げれば、王都の人々の命が助かるのです。私の魔法がこうやって役に立つなんて、とても嬉しいです！」

「そうですね。けど、体を壊しては治せるものも治せません。無理はいけませんよ、アンナ様」

「わかっております。さぁ、では次の方々に入ってもらってください！」

そうやって声を張り上げるアンナ様の姿は、まさに聖女だ。

私はその姿に支えられながら、一人ひとり注意深く治療を施《ほどこ》す。症状が重い人から順番に。

――最終的に治療を終えたのは、なんと一週間後。

その間、ずっと魔法を使い続け、それこそ体はボロボロだ。

しかし、やり切った感はすさまじい！

隣を見ると、ひどい顔をしたアンナ様が、大聖堂の床に蹲《うずくま》ってうたたねをしている。

「アンナ様、令嬢としてそれはさすがにまずいんじゃない？」

ついそんなことを呟《つぶや》いたが、きっと私もひどい顔をしているだろう。せめて顔を洗って、家に帰るまでの気力を取り戻そうと歩き出すと、ぐらりと体がふらついた。

咄嗟《とっさ》に近くにある椅子に掴まる。倒れはしなかったけど、これって——

「ちょっとまずいかもね……」

その呟《つぶや》きは、大聖堂の床にそっと消えていく。誰にも聞かれずに、誰にも気づかれずに。

私は、嫌な予感を振り払うかのように、その場から立ち去った。私の懸念なんて、どうでもいいのだ。大事なのは患者全員を治療したという事実。

衰弱《すいじゃく》が激しかった人達は、残念ながら助けることができなかったけれど。

ペストは王都からなくなったのだ。危機は——去った。

◆

「では！　かんぱーい！」

私の音頭で、みんなが杯《さかずき》を打ち鳴らす。それを合図に、人々がワインを口にした。

ここは、王都にあるシャリエール家の別宅。ようやく治療という責務から解放された私は、みんなの慰労会を企画したのだ。揃ったのは、いつものメンバー。

「本当に心配したんですよ？　もうこんな無茶はやめてください！　心臓に悪いです！」

「ごめんね、シュザンヌ。でも、ちゃんとやりきったのよ？　褒めてくれると嬉しいなぁ」

私があざとく上目遣いで甘えると、シュザンヌは苦笑を浮かべながら小さく息を吐いた。

「もぅ。相変わらずですね、お嬢様は。今日ばかりはゆっくりとお楽しみくださいい。それでよろしいですか？」

「うん、さすがはシュザンヌ！　ということで、ほら、シュザンヌも飲んで、飲んで！」

「あっ、ちょっ、もう……お嬢様ったら」

ペストが収束したと聞いて、王都に来てくれたシュザンヌ。シュザンヌに会えたことが嬉しくて、すこしテンションが上がってしまった。仕方ないよね。うん、そういうことにしておこう。

私は、シュザンヌのグラスにワインをなみなみ注《つ》いであげた。

「姉上。シュザンヌを困らせるようなことは、やめたほうがいいのでは？　あまり羽目《はめ》を外しすぎると、父上から怒られますよ」

信頼する侍女と親交を深めていた私の後ろから現れたのは、ペストから解放された私の弟、ミシェルだ。

別宅に戻ると、ミシェルはすっかりよくなっていた。なぜだか、最後に見た時よりもとてもとても可愛らしい弟になっていた。

「あ、そうね。ところで、ミシェルのほうこそ体は大丈夫？」

「はい。あの時、姉上が助けてくれたおかげで、この通り元気です」

「それはよかった。……それよりも、私はこうしてまたミシェルとお話ができて嬉しいですよ。前は、その……私に冷たいように思ったから」

そう言うと、ミシェルはすこしだけ気まずかったのか、頬を掻きながら視線を逸《そ》らした。

「あ――、それは、その、僕も子供だったのです。今は、姉上に感謝しております。命をかけて助けてくれたと聞きました」

「そんなことないわ。可愛い弟のためだもの。それくらい、へっちゃらよ！」

「ありがとうございます。姉上。やはり、姉上は僕の女神です」

「ぶふっ――」

ミシェルの不穏な言葉に、私は思わずワインを噴き出してしまった。

「な、な、何を言っているの？　ミシェル。私はあなたの姉であって、女神なんかでは――」

「わかっています。いくら僕がわがままを言っても、姉上はこの国に……いえ、世界に必要とされている方。たまにこうして話してくれれば、僕としては満足ですよ。では、他の方も姉上と話したいと思っているでしょうから、これで」

「ちょっと待って！　何か誤解が――」

キラキラの笑みを浮かべ、颯爽《さっそう》と立ち去るミシェル。私はその背中を見送ることしかできない。

病気の前と後で、あまりにも性格が変わったミシェル。どういうことだ？

以前は、話しかけても無視。用件以外は話さない。いつも冷たい視線で一瞥《いちべつ》してきた、ミシェルが！　超絶反抗期だったあのミシェルが可愛く……いや、可愛くはないな。ちょっとおかしくなっているのは、私のせいではないだろう。

うん、きっとそうだ。そうに決まってる。

「すごい慕われようだな」

「弟君もわかったのでしょう。レティシア様がいかに素晴らしい人か」

そこに的外れなコメントを付け加えたのは、クロード殿下とクリストフだ。私は二人をじっと見つめると、肩をすくめてため息をついた。

「二人まで、何を言ってるのよ。慕ってくれるのはいいけど、あれは行き過ぎじゃない？」

「あれだけのことをしたのです。尊敬しても当然だと思いますが」

「この国を救ったんだ。胸を張っていればいい」

いくら否定しても、返ってくるのはストレートな誉め言葉。いくらなんでも、イケメン二人にそう言われると、私も一人の女子だ。恥ずかしくてしょうがない。

顔が赤くなるのを自覚しながら、つい視線を逸《そ》らしてしまう。

「ペストを根絶したのはアンナ様ですから。私は大したことは――」

「アンナ嬢はお前を心底褒め称《たた》えていたぞ。そう謙遜《けんそん》するな。お前は国を救ったんだ。それだけのことをしたんだからな」

「えっと……そうかな？」

「はい」

そう言われると……確かにやり切ったよね、私。まあ、大変だったからな。その大変さが認められたと思えば、褒められるのも悪くはない、のかな？

ちょっとずつ、その喜びを噛《か》みしめながら、ワインを流し込む。

ん～～、おいしい！　やり切った後のお酒が、こんなにおいしいだなんて！

領地に帰れば、またぐーたらできるんだろうし。

うん、最高！


その後、アンナ様やシモン様ともすこし談笑して、私はテラスに出た。

空を見上げると、星がいくつも瞬《またた》いている。なんて綺麗なんだろうか……。ペストが治った人も、こうやってまた夜空を見上げることができているのかな。

そんなことを考えていると、とても幸せな気持ちになってくる。

思い返すと、私の前世の記憶が戻ってから、一年も経っていない。短い間だけど、私はたくさんのことをやってきた。

知識を活《い》かして、それなりに役に立てたかな、と思う。

結構頑張ったよね。

誰かの役に立っているという充足感があって、そのご褒美のお菓子やお酒が、これ以上ないくらいおいしいと実感できた。

うん、そうだ。私はただぐーたらしたいんじゃなくて、ご褒美が嬉しかったんだなぁ。

頑張ったご褒美。これからもたくさんもらえるといいな。

そして、そのご褒美をみんなとともに味わうのも、この上ない幸せだ。

そう考えると、前世の記憶が戻ったことは、私にとってよいことだったのだろう。

あぁ、本当に楽しくて幸せだな。こんな日々が、毎日続けばいいの……に……

って、え？　な、んで――

突然、全身に何かがぶつかってきた。いや、違う。これ、私が倒れたんだ。

急に視界がぼやけて、さっきまであんなにきらめいていた星々が、今では淡く滲《にじ》んでいる。床が、冷たい。手も、冷たい。

どうして体が動かないんだろう。

全身が固まったかのように、血の巡りも悪い。なんだか、考えるのもつらい。どうしてだろうか。

誰かが私の名前を呼んでいる。

うん、ここにいるよ、私は、ここに。

そう思っても、声が出ない。出るのは、漏《も》れ出る吐息《といき》だけ。

そして、唐突に悟《さと》った。

あぁ、幸せはここで終わりなんだって。思えば、幸せすぎたんだ。

えっと……すごく幸せだったのは確かなんだけど、どんなことがあったかなぁ。頭がぼんやりして、それも思い出せない。悲しいな。

また、みんなで、ご褒美……

ねぇ？　私――

◆

「皆の者……静粛に」

王城の前にある広場に、王都中の住民が集まっていた。その数は数万。住民のほとんどがやって来ている。

その住民を前に話しているのは、この国の王。みんなを王城から見下ろしながら、声を大きくする魔法を用いて、話しかけていた。

「この度は、王都が謎の流行《はや》り病《やまい》の猛威にさらされて、とても恐ろしかったことだろう。つらかったことだろう。家族が命を落として悲しみに暮れている者もいるだろう。しかし、喜んでほしい。この国から、謎の病《やまい》は去った！　恐怖は終わったのだ！」

その言葉に、住民は歓喜した。

数多くの死者が出ており、悲しみに暮れている者もいる。しかしながら彼らも、今はこの喜びに浸《ひた》ろうと、声を上げていた。

「それに貢献した者の中には、皆と触れ合った者もいるだろう。その者達をここに呼んだ。皆で称《たた》えてほしい」

王がそう言うと、後ろから出てきたのは、美しい小柄な令嬢と、やや細身の茶色い髪の長い男、そして緑色の髪の魔術師風の男だった。

「彼らは、ペストを撲滅《ぼくめつ》するために尽力してくれた者達だ！　盛大な拍手を！」

国王の言葉で、民《たみ》は割れんばかりの拍手と歓声を上げる。

「あ！　クロード殿下じゃないかしら！　かっこいいわぁ、それに流行《はや》り病《やまい》に立ち向かうなんて……とても勇気があるのね！」

「あの緑の髪の男性は、宮廷魔法使いの長《おさ》じゃないか！　やはり、噂は本当だったんだな。この国一番の魔法使いだというのは！」

「あぁ、アンナ様、お美しい。俺はあの方に治療してもらったんだ！　アレンフラールの聖女だ！　アンナ様！」

住民達は口々に三人を褒め称《たた》える。……しかし、一部の住民は困惑した表情で首を傾《かし》げた。

「あれ？　噂と違って、一人足りなくないか？」

「そういえば……聖女ともう一人、女神っていうのがいるんじゃなかったか？」

「なんでも、命食らいや流行《はや》り病《やまい》の原因を突き止めたっていう、あの——」

だんだんとその波は広がり、やがて、多くの者が声に出しはじめた。

誰かが足りない。あの人はどこだ、と。

その言葉に顔をゆがませるのは、王城にいる四人だ。四人みんなが、顔をゆがめて立っている。

民《たみ》の声は次第に大きくなり、王自《みずか》ら、声を上げなければならないほどになっていた。

「静まれ！　静まるのだ！」

魔法によって響くその声で、再び住民は静まった。そして、しばらくの沈黙の後、王は、絞《しぼ》り出すように言葉を吐いた。

「そしてもう一人……この度の流行《はや》り病《やまい》を撲滅《ぼくめつ》するために尽力してくれた者がいる。しかしその者は、ここにはいない」

王の言葉に、空気がぴんと張りつめた。誰も声を上げられない。そんな雰囲気がその場にはあった。

「病《やまい》の治療後、その者は倒れ、そして――この世を去ったのだ」

俯《うつむ》いた国王の口からこぼれた言葉。

それは、その場にいた全員を悲しみの渦《うず》へと追いやったのだった。

エピローグ

王都からペストの脅威が去り、そして……僕、ミシェル・シャリエールの姉であるレティシアがこの世を去ってから、すでに半年が過ぎていた。

あのペスト騒ぎはすっかり落ちつき、王都は平和を取り戻していた。もうあの騒ぎは忘れ去られたかのようだが、姉の意思はしっかりと受け継がれている。

以前は見られなかった手洗いという行為。街を歩いていると、それをやっている者達を、度々見かけた。

僕は、変わらない日々と、すこしだけ変わっていく日々を、こうして報告しにやってくるのだ。他ならぬ、姉上の墓前に。

「今日も来たよ、姉上」

毎日は難しいが、それなりの頻度で来ることにしてる。

「僕は相変わらずだよ。貴族院に行きながら、時折、領地の視察に行ったりして……あ、そういえば、フルネ村のみんなも寂しがってたな。感染症予防活動普及委員会の筆頭としての活動を見せたいって、テテが言ってたよ」

ペストが収束してから、感染症対策が瞬《また》く間《ま》に全国に広がった。

「あ、そういえば、ディオン殿下の即位が近いみたいだね。アンナ嬢がよく言っているよ。姉上がいればもっと楽しいのにって」

ペスト騒ぎで沈んでいた国民は、正式に発表された二人の婚約を喜んだ。一部では、姉上とのことを知っている人達が非難していたが、おおむね好意的に受け止められている。

アンナ嬢が元男爵令嬢というのも、女性達の心を掴んだみたいだ。あ、元っていうのは、今はマケール家は伯爵位を持つからね。ペストが蔓延《まんえん》した時の功績が認められて陞爵《しょうしゃく》したんだ。

アンナ嬢は「シンデレラストーリーは定番だものね」と言っていたが、なんのことやら。やっぱり、女性の言うことはよくわからない。

その婚約に伴《ともな》い、ディオン殿下は努力しはじめているようだ。陛下や父上から教えを受けて、次の王として、いろいろなことを学んでいるらしい。

「アンナ嬢も、今じゃ王都で大人気だからね。アレンフラールの聖女の話は、歌にもなったみたいで……けど、姉上のことを忘れたような今の王都は、僕はあんまり好きじゃないよ。姉上は喜んでいるのかもしれないけどね」

目を閉じると、脳裏に浮かんでくる。

僕が褒めたら、すこしだけ恥ずかしそうにはにかんで、嫌がる姉上。ずっと姉上に反抗してきたけど、今だから思う。もっと素直になっておけばよかったって。

けど、今はそんな後悔をしても無意味だ。後ろばかりを見続けちゃいけない。前を向いていかなきゃならないんだ。それが、残された者の務め。

「そうだろ、姉上……。僕も頑張るからさ」

しゃがんでいた僕は立ち上がると、姉の墓標を見つめて呟《つぶや》いた。その声は、誰にも聞かれることはない。自分でさえ聞き取れないくらい小さい。

「これだけやれば満足かい？　いい加減、信用してくれたっていいだろうに」

僕は思わず肩をすくめるが、背中に張りつく視線は消えることがない。いつも通り、僕が立ち去るまで見張っているのだろう。

「じゃあ行くよ、姉上。また来るから」

僕はそう言い残して踵《きびす》を返すと、一見誰もいない墓を去る。僕を見つめる視線を引き連れながら。

「死んでもこれだけ意識させてるんだから。さすがは、アレンフラールの女神だよ。ねぇ、姉上」

愚痴《ぐち》っぽくなってしまったが、それくらいは許されるだろう。頻繁に、よくわからない墓参りっていう儀式をしなきゃいけない弟の気持ちにも、なってほしい。

いつか、いつか会えたら死ぬほど文句を言ってやる。

そんな決意を胸に、僕は王都に戻っていった。

◆

「はい、これで大丈夫よ。ほら、遊んできなさい」

「うん！　ありがとう、お姉ちゃん！」

朝から続いていた往診の時間は、もう終わりだ。この村にいる治療希望者は、全員診《み》終わった。

私は一息つくと、仕事道具を片付ける。そうこうしていると、見知った顔が迎えに来てくれた。

小さいころから一緒にいてくれる信頼する侍女と、なぜだか私に剣を捧《ささ》げてくれた騎士だ。

「お嬢様。終わりましたか？」

「うん、今終わったとこ。シュザンヌの用は済んだ？」

「ええ、クリストフ様が狩りで獲物をたくさん捕ってくれましたから。村人と十分すぎる取引ができましたよ」

クリストフを見ると、革袋の中に何やらたくさんの荷物を入れていた。あれが獲物なんだろう。

あんまり覗き込みたくないが、笑顔でお礼を言っておく。

「さすがはクリストフ！　今日もありがとね」

「ああ。だが、獲物がたくさんあるからといって、食べ過ぎるんじゃないぞ？　いくら肉が好きでも、限度があるからな」

「もう！　わかってるから！　いつまでも食べ過ぎでお腹壊したことをからかわなくてもいいじゃない！」

私はそう言いながら、ぷいっと視線を逸《そ》らして立ち上がる。後ろで二人が笑っているのが聞こえた。最近、シュザンヌだけじゃなくクリストフもいじわるなんだから。嫌になっちゃう。

と、こんな寸劇みたいなことをやってる私は、レティシアではない。

言葉遊びみたいになってしまうのだが、レティシア・シャリエールは死んだのだ。

今の私は、ただのレティー。隣国に移り住んだ、ただの平民である。

なんでこんな状況になっているのかというと――まあ、いろいろと複雑な事情による。

ペスト患者の治療を終えた後、私は倒れた。

原因は何かというと、単純に私の魔法が未熟だからだ。魔法で何千人もの菌を体に取り込み、排出した。患者の菌の残りかすには気を配ったが、澱《おり》のように溜まっていった菌や毒素は、私の体に負荷を与え続けていたのだ。そのせいで私は倒れ、三日も寝込んでいたらしい。

自分の身を顧《かえり》みず人のために尽くした、みたいにとらえられてしまって、周囲は女神だなんだと大騒ぎ。さすがにそろそろ鬱陶《うっとう》しくなった私は、思ったのだ。

そう――このまま消えたら、死んだことになって自由にならないかな、なんて。

こんなことをぽろっとこぼしたら、意外にもお父様とクロード殿下が賛同してくれた。

なぜ!? と思っていると、理由を聞かされて背筋が凍った。

『内乱を抑えられ、損をした貴族達の不満が、レティシアに集まっている。このままだと私では守り切れないかもしれないな』とお父様。『今まで以上に危険が高まっているのは事実だ。他国に亡命するのも悪くない』とクロード殿下。

っていうか、いつのまにそんな殺伐《さつばつ》とした状況になってたの!? そう驚いていると、あれよあれよという間に話が進んでいた。

そして、最終的に出た結論は、『レティシア・シャリエールをこのまま殺すこと』だった。

周りにいる全員が『殺そう』と笑顔で言い合う様《さま》は、まさにホラーだ。あの時は、本気で恐ろしかった。『死んだことにしよう』って最初から言えばいいのに！　誘拐《ゆうかい》された時より怖かったんだからね！

まあ、そういう訳で、私は隣国に密かに亡命したのだ。そして、都の郊外にある古い屋敷を買い取って、住みはじめた。それがもう半年くらい前の話。弟のミシェルには、私が死んでいないのではと疑う貴族を騙《だま》すため、週一くらいで墓参りをしてもらっている。

それと、なぜだかクロード殿下……いや、クロードが私の居所を嗅《か》ぎつけ、近くに住みはじめた。

「国の衰退《すいたい》を避けることができたら、レティシアの希望を全力で叶えると約束したからな。まだ、それを果たしていない。それに、王位継承権は放棄してきた。もう貴族でもなくなったから、今の俺はただのクロードだ」

そう言いのけたクロードを、すこしだけ男らしいと思ったのは内緒。同時に追ってきてくれたことを嬉しく思ったのは、素直な気持ちだ。まあ、言うつもりはないけど。

それから、私達は身分の差を気にしない付き合いをはじめている。

シュザンヌにも、友人のように接してほしいとお願いしたけど、『私はお嬢様がどんな身分になってもお嬢様の側仕えです』と言って聞かなかった。そのため、シュザンヌだけは変わらない。

シャリエールの名を捨て、レティーとして生活をはじめた私。

そうそう。今、私は仕事をしている。医者の真似事みたいな仕事だ。この村のみんなはお金がないから、基本的には物々交換。そのおかげで、食べることには困っていない。家のことはシュザンヌがやってくれるし、クリストフも狩りをしてくれる。

クロードは、たまにふらっといなくなって、どこかで買ってきた食材を持ってきてくれたりするからありがたい。

さて、今日も仕事を終え、家に帰ってきた。

夕食ができるまで、私は久しぶりにアンナ様に手紙を出そうと思い、自室に引きこもる。そこへやってきたのは、クロードだった。

「ん？　なんだ、書き物か？」

「あら、クロード。来てたの？　アンナ様に手紙でも書こうと思ってね。最近忙しくてご無沙汰《ぶさた》だったから」

「あんまり頻繁《ひんぱん》に書くなよな。持っていく立場にもなってくれ」

普通に手紙を出すと生きていることがばれてしまうかもしれないので、手紙はクロードの伝手《つて》を頼って秘密裏に送っている。

「あら？　いつも暇だって言ってるのはクロードじゃない。仕事を作ってあげてるんだから、感謝してよね」

「はいはい。うちの姫は手がかかることで」

「そうですのよ？　レティー姫はわがままで有名なの。だから、頑張ってわがままを聞いてくださいね？」

「図々しい姫だな」

「いいでしょ！　少ない楽しみの一つなんだから！」

「わかってるさ。けど、俺にも楽しみがないとな？」

クロードは私の冗談に笑顔で答えながら、何やら不穏な言葉を投げかけてくる。

「え？　楽しみって？」

「そりゃ、あれに決まってるだろ」

「あれ？」

「わがまま姫とのデートを所望いたします」

それこそ、下手《へた》な女子よりも色気のあるほほ笑みを向けながら、私に片手を差し出してくるクロード。急にそんなことを言うものだから、顔が熱くてしょうがない。

いきなりは卑怯《ひきょう》なんだから！　馬鹿！

「ま、まあ？　気が向いたら考えないこともないけどね」

「ははっ、それでいいよ。それより、シュザンヌに頼まれてたんだが、もう夕食ができたらしいぞ？　行くか？」

「う、うん」

差し出された手を握り、私は食堂に向かう。きっと、私の顔は真っ赤になっていることだろう。

どこかからかうような笑みを向けてきたシュザンヌの視線を無視して、私は食卓につく。出された食事はとてもおいしく、今日も食べ過ぎてしまいそうだ。

私が送るのは、そんななんの変哲もない毎日。それが、私はとても幸せだ。

だけど……、時々、アレンフラールに残した家族やアンナ様達のことを思い出して、寂しくなる時がある。けど、それも仕方ないことなのだろう。だって、これが私の望んだ道だから。

「アンナ様からの返事が早く来るといいな」

私はそんなことを思いながら、手紙をクロードに託した。

――いろいろとありましたが……訳あり悪役令嬢は、婚約破棄後の人生を自由に生きていこうと思います。だから、心配しないでね。では、また会う日まで――

アンナ様にしか意味のわからない文末を思い出しながらほほ笑み、窓の外の夜空を見上げた。そこには、満天の星空が広がっており、私の行く末を見守ってくれているようだ。

――空も未来も明るい。

私はそう感じて、思わず声を出して笑ってしまった。

新＊感＊覚　ファンタジー！

Regina
レジーナブックス

イラスト／黒野ユウ

★トリップ・転生

異世界で幼女化したので養女になったり書記官になったりします1～4

瀬尾優梨《せおゆうり》

大学へ行く途中、異世界トリップしてしまった玲奈。しかも、身体が小学生並みに縮んでいた！　途方に暮れていたところ、ひょんなことから子爵家に引き取られる。養女生活を満喫しつつ、この世界について学ぶうち、玲奈は国の機密情報を扱う重職、「書記官」の存在を知る。書記官になれば、地球に戻る方法が分かるかもと考えた彼女は、超難関の試験に挑むが……!?

イラスト／三浦ひらく

★恋愛ファンタジー

王太子様の子を産むためには

秋風《あきかぜ》からこ

王太子リオネルに憧れている、メイドのアレット。彼女はひょんなことからリオネルの子を身ごもってしまった！　それを知ったリオネルは子供の父親になりたいと言ってくる。身分差に悩んだ末、アレットは産むと決意したのだけれど、その日から突然、お妃様のように扱われ始めて――？　セレブな生活に平凡メイド大混乱!?　愛情あふれる、王宮ラブファンタジー！

詳しくは公式サイトにてご確認ください。

http://www.regina-books.com/

携帯サイトはこちらから！

RC Regina COMICS
アルファポリスWebサイトにて
好評連載中！
原作 ふじま美耶 MIYA FUJIMA
漫画 村上ゆいち YUICHI MURAKAMI
異世界で『黒の癒し手』って呼ばれています 1~4
好評発売中！
異色のファンタジー
待望のコミカライズ！
ある日突然、異世界トリップしてしまった神崎美鈴《かんざきみすず》、22歳。着いた先は、王子や騎士、魔獣までいるファンタジー世界。ステイタス画面は見えるし、魔法も使えるしで、なんだかRPGっぽい!?　オタクとして培《つちか》ったゲームの知識を駆使して、魔法世界にちゃっかり順応したら、いつの間にか「黒の癒し手」って呼ばれるようになっちゃって…!?
シリーズ累計29万部突破！
＊B6判　＊各定価：本体680円＋税
原作 ふじま美耶
漫画 村上ゆいち
異世界で『黒の癒し手』って呼ばれています 4
魔法世界で誘拐されて
囚われの身から命がけの脱出!!
シリーズ累計29万部突破！
異色のファンタジーコミカライズ！
アルファポリス
アルファポリス 漫画
検索

RC Regina COMICS
大好評発売中!!
メイドから母になりました 1〜2
原作 夕月星夜 Seiya Yuzuki
漫画 月本飛鳥 Asuka Tsukimoto
アルファポリスWebサイトにて 好評連載中!
シリーズ累計8万部突破!
子育てファンタジー待望のコミカライズ!
異世界に転生した、元女子高生のリリー。
ときどき前世を思い出したりもするけれど、
今はあちこちの家に派遣される
メイドとして活躍している。
そんなある日、王宮魔法使いのレオナールから
突然の依頼が舞い込んだ。
なんでも、彼の義娘《むすめ》・ジルの
「母親役」になってほしいという内容で——?
B6判・各定価:本体680円+税
転生して凄腕メイドになった元女子高生、
魔法世界で子育ては危険がいっぱい!?
アルファポリス 漫画
検索

卯月みつび（うづき みつび）
自転車と甘いお菓子とお金をこよなく愛するドＳ看護師。2013年よりwebにて執筆を開始。2017年「訳あり悪役令嬢は、婚約破棄後の人生を自由に生きる」で出版デビューに至る。

イラスト：藤小豆

本書は、「小説家になろう」（http://syosetu.com/）に掲載されていたものを、改稿、加筆のうえ、書籍化したものです。

訳《わけ》あり悪役令嬢《あくやくれいじょう》は、婚約破棄後《こんやくはきご》の人生《じんせい》を自由《じゆう》に生《い》きる

卯月みつび（うづき みつび）

2017年 12月 4日初版発行

編集－見原汐音・宮田可南子
編集長－塙綾子
発行者－梶本雄介
発行所－株式会社アルファポリス
〒150-6005 東京都渋谷区恵比寿4-20-3 恵比寿ｶﾞｰﾃﾞﾝﾌﾟﾚｲｽﾀﾜｰ5F
TEL 03-6277-1601（営業） 03-6277-1602（編集）
URL http://www.alphapolis.co.jp/
発売元－株式会社星雲社
〒112-0005 東京都文京区水道1-3-30
TEL 03-3868-3275
装丁・本文イラスト－藤小豆
装丁デザイン－AFTERGLOW
（レーベルフォーマットデザイン— ansyyqdesign）
印刷－大日本印刷株式会社

価格はカバーに表示されてあります。
落丁乱丁の場合はアルファポリスまでご連絡ください。
送料は小社負担でお取り替えします。

ISBN978-4-434-24009-6 C0093